KB127081

중년의 이민자가 흘리는 회한의 눈물

모든 것이 사라졌다 그리고

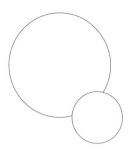

"슬픔은 시를 낳고, 시는 슬픔을 치유한다"

| CONTENTS |

들어가면서

01 잊고 싶은 10년

02 갈잎의 노래

들어가면서

이래 저래 살다보니 어느덧 육십갑자를 한바퀴 돌았다. 인생의 가을에 해당하는 사오십대의 대부분을 버벅거리며 때로는 극단의 선택을 강요받으며 보냈다.
이렇게 지나온 '중년의 삶'을 회고하고 반추하고 나 자신을 확인하는 뜻에서 이 어설픈 책을 출간한다.

이민 후 이혼과 파산으로 가정을 잃고 알거지 됐을 때 무너져 가는, 자꾸 약해져만 가는 나 자신을 다독이고 추스리는 방편으로 일기를 쓰듯이 글을 쓰기 시작했다. 타고난 글재주가 워낙 가난해 써놓은 글들이 모두 화장실 낙서만도 못하지만, 그래도 그 중에서 내 인생의 발자취이자 발가벗은 내 영혼 몇 편 추려서 엮었다.

비록 투박하고 엉성하기 짝이 없는 글들이지만 바늘 끝 만큼도 거짓 없는 내 파란 마음의 투영이다.

마지막으로 졸고를 정성스레 깎고 다듬어 한 권의 책으로 만들어 주신 글마당 하경숙 국장님과 관계자 여러분께 머리 숙여 감사한 마음을 전한다.

고맙습니다.

시월의 그믐날
칼리포니아의 한적한 시골마을 로다이에서
공석영

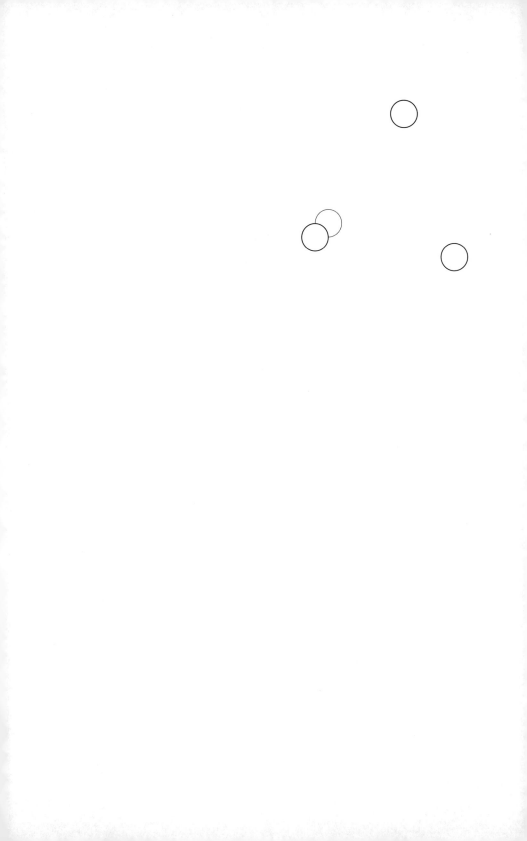

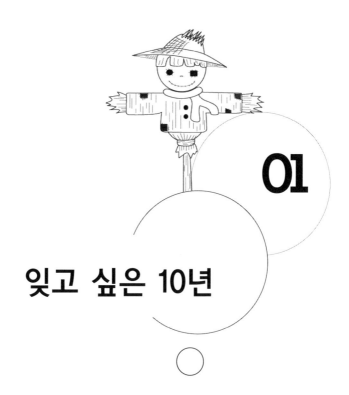

01

잊고 싶은 10년

서시(序詩)

그때 한번 더 생각했었더라면
살아오면서 저지른 실수
반으로 줄어들 터인데

그때 달리 생각했었더라면
후회의 크기도
반으로 줄어들 터인데

그때 그리 하지 않았더라면
나의 인생도
지금과는 사뭇 달라져 있을 것인데.

(04/14/2016)

이민 따라지의 슬픈 이야기

햇님이 밤일 나가는 여인의 입술처럼 붉게 물들 때
땅거미는 소리없이 내려 앉아 대지를 덮는다
내 그림자도 그 속에 잠기운다
귀가 시간을 알리는 자연의 신호일 게다

(이혼하지 않았더라면 같은 시각 집에선)
아내는 앞치마 두르고
국 끓이고 찌게 끓이랴 분주하다
주방을 동서남북으로 오가며
슬금슬금 곁눈질로
아이들 숙제 감시도 하면서

아이들도 바쁘다
아빠 귀가하기 전에 숙제 마치고
엄마랑 아빠랑 저녁 같이 먹고
아빠랑 씨름 한판 하고
컴퓨터 게임해야 하니까 바쁘다

붉은 태양 산 넘어가 노을마저 사라지고
땅거미도 어둠에 물들어 찾을 길 없는데

귀가할 집도 저녁 준비하는 아내도
기다리는 아이들도 모두 없으니
어둠이 짙게 깔린 지금 난 어디로 가야 하나
갈 곳이 없다

모두가 보이지 않는다
모두가 사라졌다 완전히 파괴되었다

새들도 잠들지 못하는 밤 달빛 싸늘하고 별빛 시리다.

(09/01/2009)

소슬비

젊은 날의 화사했던 웃음은
풀잎의 이슬이 된지 오래고
겁 모르던 기개는
바람에 뒹구는 낙엽 되었다.

잃은 것은 많고
얻은 것은 없다.

겨울에 내리는 차가운 소슬비
중년 사내가 흘리는 회한의 눈물.

(12/11/2009)

예전에는

이런 말들이 내 것이 되리라
꿈에도 생각지 않았습니다

가난 이혼 결손가정 홀아비
그리고 외로움

지금은 모두 내 것입니다
하나는 버릴 수 있고
또 다른 하나는
어쩌면 버릴 수 있지만

나머지 셋은

죽음이 가져 가기 전에
내가 버리지 못합니다.

(07/17/2010)

이민따라지 10년

희미하게 남았던 청춘과 이별한
이민따라지 10년
젊음은 흘러간 시간 속에
찾을 길 없고

아이들과 함께 하지 못한
수 많은 시간들
남은 것은 아쉬움 미련 회한
모두 삶의 찌꺼기

떠나버린 시간
잃어버린 인생

모든 것이 흔적없이
안개처럼 사라지겠지
마지막으로 내가
바람결에 흩어지겠지

망가진 나의 인생도
바람결에 잊혀지겠지.

(03/11/2011)

묻지 마세요

먼저 말하기 전에는 묻지 마세요
체류신분이 무엇인지를
가족관계가 어떠한지를

불체자와 이혼자가 너무 많은
이민사회의 불문율이랍니다
교포사회의 에티켓이랍니다

얼마 전까지는
누가 나에게 무엇을 물어도
제 마음 상하지 않았답니다

그러나 이제는 다르답니다
나중 것은 묻지 마세요
궁금해 하지도 마세요

지금은 지워지지 않을
인생의 주홍글씨가 되었답니다.

(04/04/2011)

관광과 이민의 다름

철수가 기절해서 저승나라에 여행을 갔다
저승의 수문장이 입국비자 제시를 요청하자
철수는 관광비자를 보여주었다
철수가 관문을 통과하자
염마대왕이 가이드를 자청했다
가이드 염마대왕은 천국을 보여주었다

세월이 있었다
철수가 다시 저승나라에 입국했다
전과 마찬가지로 염마대왕이 마중하더니
철수가 있을 곳을 안내하였다
그곳은 지옥이었다

철수가 따진다
염마대왕 나리
이곳은 지난번 보여주신 곳과는
달라도 너무 다릅니다
저는 저승세계가 이런 곳인 줄
꿈에도 몰랐습니다

염마대왕이 답한다
정녕 네가 그 차이를 모르겠느냐
네가 지난 번에는 관광비자로 입국했고
이번에는 영주권 받아 입국하였느니라.

(07/03/2011)

백조의 노래

백조 한마리가 호수를 미끄러지고 있다
지나가던 까마귀가 집적거린다

백조야 넌 벙어리니
난 네가 노래하는 걸 본 적이 없어
백조가 답한다
벙어리는 아냐
까마귀가 되묻는다
그럼 노래를 왜 안 하니
백조가 답한다
사실은 나도 너처럼 음치야

하지만 나도 죽을 때가 되면
한번은 노래하지
죽기 전에 딱 한번
내가 벙어리 아니었음과
나의 죽음을 친구들에게 알리려고

그러니 까마귀야
나중에 내 노래소리가 들리거든
내가 죽은 줄 알아라 날 잊지 말고.

(07/12/2011)

시간과의 대화

한 사내가 지나간 과거에게 묻는다
넌 왜 나를 따라다니며 괴롭히니

과거가 답한다
난 널 따라다닌 적이 없어
단지 네가 날 잊지 못하고
여태껏 끌고 다니는 거야

한 사내가 미래에게 묻는다
넌 왜 날 자꾸 실망시키니
미래가 대꾸한다
뭘

사내가 따지고 든다
넌 나에게 희망을 주었고
난 그것을 믿었는데
언제나 시간이 지나
미래가 현재가 되면
모두 물거품이 돼버렸어
'꽝'이었다 이 말이지
그러니 넌 날 속인거야

미래가 답한다
난 너에게 믿어 달라고 한 적도 없고
너에게 희망을 준 적도 없어
네가 너 스스로 그리 생각하고 그리 믿고
이제 와서 속았다고 불평하는 거야

시간이 사내를 야단친다
무지한 것아 모두 네 맘 속에 있단다.

(07/12/2011)

LA 쪽방 사람들

이민 초기에 LA에서 하숙한 적이 있다 한 1년쯤
그때 LA 하숙방이 쪽방인 줄 처음 알았다
가구는 싸구려 1인용 침대 하나와
촌스럽기 그지없는 비키니 옷장 하나가 전부다
방의 크기는 1인용 침대의 2.5배 크기 정도로
방문 2개를 나란히 눞혀 놓은 넓이와 거의 같다
화장실 욕실은 공동이고(남녀 구분도 없었음)
당시 하숙비는 보통 육백 불 내외였고
아침과 저녁 두끼의 식사가 제공되었다
물론 한식이고 그러나 거의 맨날 부실했다
하숙집 음식이니 별 수 있겠나
그 당시엔 배고픈 설움을 아직 모르던 때여서

내가 후지다고 홀대했었는데
그 '후진' 음식을 '진수성찬'으로
그리워하기까지는 오랜 시간이 걸리지 않았다

하숙생들을 보면 마치 인생 전람회 같았다
공부를 전혀 하지 않는 자칭 유학생
주식투자하다 돈 홀라당 날리고
집에서 쫓겨난 현지 동포 아저씨
한국과 일본의 화류계를 섭렵하고
미국까지 흘러든 삼십대 후반의 여인
하숙비 연체로 주인에게 구박 받는 돌팔이 한의사
캐나다 담치기로 밀입국한 양복기술자들 여럿
그중에 한국에 처자식 놔두고
LA 현지 여인과 사랑에 빠진 허우대 멀쩡이
쪽방 하숙하는 주제에
재력가인 양 뻥치는 덜난 자동차 수리공
밤에 애인 불러 진하게 사랑을 나누다
다른 하숙생들의 집단항의로 쫓겨 난 중년 여인
한국에 돈 벌러 가려다 한국인한테 사기 당하고
음독자살 기도한 여동생의 빚 갚아주기 위해
수퍼에서 고기를 써는 중공군 소령 출신 조선족

그리고 환갑 지난 영감과 다른 방의 할머니 등

'하숙'은 임시로 잠시 머무는 것인데
이들 대부분에게 하숙집은 임시가 아니고
기약없이 거주해야 하는 삶의 공간이다
모두 그들만의 사연을 간직하고서

그들의 공통점은
가난과 대부분 불체자 신분이라는 것이다
그래서 불체자 아닌 나를 무척 부러워했다

그 LA 하숙집 떠난지 십여 년
나는 다시 비슷한 처지로 돌아와 있다
아니 더 못한 처지로 전락했다
그 때 하숙방 크기와
지금 내 살고 있는 공간의 크기가 비슷하고
하숙집은 부실하지만 그래도
하루에 두끼의 한식이 제공되었는데
지금은 그것조차도 없다는 것과
그 때는 매주 아이들 볼 수 있었고
그놈들과 같이 샤워도 하고

레슬링도 하고 잠도 같이 잤는데
지금은 격주로 두 시간 만나는 것이 고작이다

하숙하던 그때 보았던 늙은 하숙생 남녀가
뇌리에 새롭게 다가온다
몸은 늙었고 가진 돈은 없고
불체자이니 사회보장 혜택도 받지 못하고
돌보는 피붙이도 없고 오갈 곳도 없고
그래도 낮에는 하숙비 벌러 어딘가로 나간다
그들의 창백한 얼굴은 언제나 무표정해서
마치 유령 같았다 어두운 실내 조명 탓도 있었고
난 그네들의 얼굴에서 웃음을 본 적이 전혀 없다

때가 되면 그들은 하숙방에
늙은 육신을 벗어 놓고 떠날 것이다
한 많은 인생이니
다시 오고 싶지 않을 것이고

밤마다 잠들기 전에
'저승사자님 제발 어서 데려가 주세요'
기도할지도 모를 일

그들이 죽으면 하숙집 주인 일 생기는데
송장 치우는 돈 안되는 일 생길 것인데
그래도 봉사하는 마음 보시하는 마음으로
그들이 남긴 육신을 치워 줄 것이다
그네들에게 자식이 있기라도 하다면
그들의 죽음을 알기나 할까

종종 그들의 얼굴에 내 얼굴이 오버랩 된다
'아니야 아니야 그럴 리가 없어' 하면서도.

(07/15/2011)

감나무 꼭대기 홍시 하나는

내가 한동안 힘들게 살던 시절에 가게에서 나오는 그리고
가게 앞 쓰레기통의 빈깡통 모아 팔아 쓴 적이 있다
어느 날 대학 선배님이 나의 그런 모습을 보시더니
'너는 까치밥까지 채뜨리느냐' 하셨다
그래서 내가 대답하기를
'제가 배고픈 까치와 별반 다르지 않습니다'

생과 사의 갈림길에서
햄릿과 같은 고민을 할 때의 일이다
한동안 그러다 보니 같은 고민을 벗어나고도
쓰레기통만 보면 습관적으로 기웃거린다
까치밥은 건드리지 말아야 하는 것인데

하늘에 먹구름 가득하고
천지간에 바람 차갑고
대지에는 갈서리 하얀데
배고픈 까치 한 마리
빈 들판을 배회한다

더 늦기 전에 홍시 따다가
항아리에 갈무리해서
시렁에 얹어 두었다가
기나 긴 겨울밤 출출할 때
하나씩 하나씩 꺼내 먹지

모두 다 따지는 말게나
끄트머리 한두 개는 남겨 두게나
그것마저 따려다 다리 부러질라
지나가는 까치 먹으라고
그냥 놔두시게나

조금 모자란 듯 조금 남기는 여유
그것이 인생이 남기는 여운(餘韻) 아니겠나.

(07/15/2011)

실패한 인생운전

철수와 영희가 두아이를 뒤에 태우고
장거리 여행을 떠났다
철수가 운전대 잡고
영희는 조수석에 앉았다
얼마를 가다가 영희가 철수에게
차를 갓길에 세우고
차에서 내리라 하였다
철수는 영희가 시키는 대로 했다
그러자 영희가 철수에게 말한다.

너는 운전 제대로 못하니
너에게 계속 운전 맡겼다가는

가족 모두가 위험할 수 있어

그러니 너는 운전 이제 그만하고 꺼져.

그러고는 영희가 운전대 잡더니

철수를 길가에 버려둔 채

두 아이만 데리고 떠나 버렸다.

철수는 매연 냄새 맡고 먼지 뒤집어쓰며

지금도 갓길을 홀로 터벅터벅 걷고 있다.

(01/26/2012)

고독한 자라투스트라

밤이다 자라투스트라가 홀로 산을 오르고 있다
산을 넘어가야 고통의 섬을 벗어 날 수 있다
내일 새벽까지는 항구에 도착해야 한다
새벽배를 타야 '행복의 나라'에 갈 수 있다
많은 사람이 그 배를 기다리고 있다
자라투스트라도 밤길을 서두르고 있다
자라투스트라가 길을 재촉하며
자신의 영혼에게 말을 건네어 본다

지난 날 얼마나 많은 번민이 있었던가
얼마나 울고 또 울었던가
나는 인생의 고독한 실패자다

고난의 시간들은 이제 과거가 되었다
그 시간들은 이제 내 것이 아니다
과거의 소유가 되었다
내 생에 한번 뿐인 그 배를 타자
'행복의 나라'로 데려다 줄 그 배를 타자
스크루에 산산이 부서지는 바닷물처럼
내 과거를 산산이 부숴 없애버리자

산등성이에 밤바람이 차갑다
바람이 시간을 나꿔채간다
바람에 무엇이 묻어가는지 나는 안다

바다에는 별빛이 파도친다
항구에는 사람들이 웅성거린다
불 밝힌 등대 동서남북을 회전한다
검은바다 물살 가르며 다가오는 배
밤바람에 고둥소리 먼저 온다

자라투스트라는 흐느끼며 산을 내려간다.

(05/13/2012)

니체의 'Thus Spoke Zarathustra' 일부를 번역하면서 각색했다.

내 사랑 밥통에게 부치는 글

나의 사랑 밥통아! 못내 미안하구나
네가 있어 내가 죽지 않고 살아 있는데
매일 라면 빵부스러기 요거트
데워진 냉동식품 치킨 너깃 등등
이런 것들만 너에게 넣어주어서

내가 너에게 넣어주는 것은
온통 그지같은 것들 뿐인데
그래도 그 그지같은 것들을
쥐어짜고 또 짜서
내 목숨 지켜주니 고맙구나

밥통아! 너 한국음식 아직 기억하니
혀는 이미 잊은 지 오래란다

그래도 그 그지같은 것이나마
너에게 넣어줄 수 있어 다행이란다
그것조차 넣어주지 못하는사람들이
이 세상에는 아주 많거든
내가 널 쫄딱 굶기는 것은 아니니까
날 너무 미워하지는 말고
만약 내가 넣어주는 것이 없으면
나만 죽는 것이 아니라
너까지 죽지 않겠니

또 내가 그지같은 것들만 넣어주니
네가 한가롭지 않니
바쁘지 않고 보대끼지도 않고

지금은 이래도 우리가 예전에는 좋았지
입이 맛있는 한국음식 시도 때도 없이
마구 쑤셔넣어서
너를 조금은 힘들게도 했지만

밥통아! 나를 원망만 하지 말고
우리 좋았던 옛날 생각도 해가며
긍정적으로 생각하면서
오늘을 여유롭게 재미나게 살자꾸나

지금까지도 내가 잘 먹고 있으면
분명 너에게도 문제가 생겼을 거야
너도 내시경이 휘젓고 다니는 것 싫지
나도 내시경이 내 밥통 속을
휘젓는다고 생각하면 끔찍하거든

남은 시간이 얼마인지
우리 둘 다 모르지만 그리고
내가 마지막 먹은 음식이 무엇이든
그것이 작은창자로 넘어갈 때까지
우리 서로 사이좋게 지내자꾸나
말썽부리지 말고 병원 신세지지 않게
내 사랑 밥통아! 부탁한다 알았지.

(05/26/2012)

내가 '남신의주 유동 박시봉방'을

어느 사이에 나는 아내도 없고
또 아내와 같이 살던 집도 없어지고
그리고 살뜰한 부모며 동생들과도 멀리 떨어져서
그 어느 바람 세인 쓸쓸한 거리 끝에 헤메이었다
바로 날도 저물어서
바람은 더욱 세게 불고 추위는 점점 더해 오는데

백석의 시 '남신의주 유동 박시봉방'은 이렇게 시작된다
남들이 절창이라 해서 나도 덩달아 좋아하는 것은 아니다
내가 이 시를 좋아하는 이유는 따로 있다
시 속의 낱말 몇개만 바꾸면
지금의 내 처지를 그대로 묘사하고 있기 때문이다

부모님과 두 동생은 한국에 떨어져 있고
이혼해 아내는 없고
같이 살던 집도 없어지고
두 아이는 그네들의 어미와 살고
그래서 나와는 함께 살지 못하고
내가 가난하니 두더지처럼 어둠 속에 몸을 숨기고

굳고 정한 갈매나무라는 나무를 나도 생각하는 것이다.

(10/17/2012)

나귀의 속울음

지푸라기 어지러이 흩날리는 들판을 서성입니다
때는 늦가을입니다
금방이라도 눈발이 날릴 듯
하늘에 먹구름 진하고 가득합니다
배고픈 까마귀 한마리
'까악까악' 구름 속으로 사라집니다
나귀가 머리를 땅에 떨구고
간간이 혼자 '푸르르' 푸레질합니다

얼키설키한 갈기는 아무도 빗겨주지 않습니다
그래서 바람에 날리지도 않습니다
이따금 앞발로 땅바닥을 '툭툭' 헤집곤 합니다

그것은 나귀가 뭔 상념에 젖어 있을 때입니다
수레 끌던 젊은 날의 과거를 생각하나 봅니다
새끼 젖 먹이던 때를 그리는지도 모릅니다

나귀는 속눈썹이 깁니다
그래서 나귀는 조금만 슬퍼도
많이 슬퍼 보입니다

나귀의 울음을 아직 아무도 듣지 못하였습니다
나귀는 누가 곁에 있으면
울지 않기 때문입니다
소리 내지 않고 속으로
남 모르게 울기 때문입니다

그러나 지나가는 바람은
나귀의 속울음을 압니다
나귀가 속으로 우는 소리를 듣습니다
그러나 지나가는 바람은
나귀의 슬픔을 가져가지 않습니다
그래서 나귀가 바람을 원망합니다.

(10/18/2012)

추수감사절 전날 밤에

한 사내가 자전거 타고 나귀 앞을 지나갑니다
자주 보는 사내입니다
그는 언제나 자전거를 타고 지나갑니다
차가 없음이 분명합니다

칠면조구이 없는 추수감사절은
송편 없는 추석이고 떡국 없는 설날입니다

그 사내가 목 잘린 칠면조 한마리
자전거 손잡이에 매달고 서둘러 지나갑니다
구워 줄 아내가 있나 봅니다
같이 먹을 가족이 있나 봅니다

나귀는 모두 없습니다
그래서 나귀는 칠면조를 사지 않습니다
벌써 여러 해 그래와서 덤덤합니다
그래서 나귀가 눈을 꿈뻑거립니다

소와 닭이 서로 거들떠보지 않듯이
나귀는 이곳의 명절을 애써 무시합니다
한국의 명절도 마찬가지입니다

해 넘어간 지 한참 되었습니다
밤 하늘에 별이 하나 둘 모습을 드러냅니다
나귀가 커다란 눈을 꿈뻑거리고 있습니다
외롭고도 쓸쓸하고도 세상이 더러운 것은
나귀가 아닙니다 단지 시간이 그러한 것입니다.

(11/21/2012)

달빛 아래 이모저모

밤바다에도 뻘밭에도 보름달
게들이 모두 구멍에서 나와 월광욕을 즐긴다
참게 꽃게 털게
모두 모여 검은 뻘밭에
자빠지고 벌렁 드러누워 달빛을 쬔다

남산 위에 보름달
이름 모를 풀벌레들도 달빛을 즐긴다
나뭇가지에도 이파리에도
자빠지고 벌렁 드러누워 달빛을 쬔다
자벌레는 팔베개하고 여유작작

우우우! 달밤에 개 짖는 소리
개가 월광욕 즐기는 소리가 아닙니다
우우우!
왜 짖는지 왜 우는지
게들도 자벌레도 알지 못합니다
달밤에 개가 짖는 사연
개와 달님만이 알겠습니다
그 사연은 개같은 사연일 겁니다

더럽고 치사한 사연

게구멍에 달빛이 반짝 보글거립니다
밤이 무서워 밖에 나오지 못하는
겁 많은 새끼 게가 구멍에 홀로
뽀로록 숨을 쉬고 있습니다
자벌레가 밤이슬에 기지개 켭니다
개는 여전히 모가지 한껏 제끼고
더러운 사연을 밤하늘에 토하고 있습니다.

(01/01/2013)

나무 인간

친구야 그간 잘 지내시는가 나도 잘 지내고 있네
친구들 염려 덕택이야
이제 우리가 4년만 있으면 30년 지기가 되네
우리가 처음 만났을 때의 나이가
서른 되기 전이었는데
거 참! 징하게 많은 시간이 흘러 버렸네
서유석의 노래 '가는 세월' 이 생각나는구만

난 오늘따라 설렁탕이 징하게 먹고 싶어서
원행 다녀왔네
40마일 떨어진 새크라멘토에 유일한 설렁탕집이네
마음 같아서는 한 세 그릇 단번에 비우고 싶었지만

나이를 조금 먹으니 밥통도 늙었나 봐
한 그릇도 다 먹지 못했어
밥은 아예 말지도 못하고
탕속에 있는 국수와 고기 그리고 국물만 먹었네
반찬이 한 열가지 나왔는데
남은 것 모두 싸가지고 왔지

김치(깍뚜기가 아니어서 아쉽고) 백김치 파래무침
덴뿌라볶음 한치무침 시금치나물 잔멸치볶음
채나물 고추지 오이무침 고사리나물 그리고 잡채

친구야 궁상 떤다 흉보지 마시게나
쪼잔해졌다고도 말하지 마시게나
식당에서 먹다 남은 음식 빈 박스 하나 달래서
싸가지고 가는 것이 흉이 되기는커녕
여기서는 아주 당연한 행동이거든
그리고 자네도 알다시피 난 홀배 아닌가
남은 음식 싸가는 것이 비록 흉이 된다 해도
나는 그리 해야 하네
오늘 밤 자고 나면 또 설렁탕 생각이 날까 봐
2인분 따로 주문해서 갖고 왔지

지금 냉장고에 잘 모셔져 있네
평상시 냉장고에 한국음식이 아예 없거든
그리고 맨날 먹는 것이 이방인 음식 뿐이라서
우리 조선음식은 구걸이라도 할 판인데
내가 돈 주고 산 음식 내가 챙겨감이 당연하지
내가 챙겨가지 않으면 모두 쓰레기통에 버려지네
그것은 죄악이네 아니 그런가 친구야

친구야 이런 내가 이해가 되나
자넨 굶어 보지 않았으니 아마 모를거야
설움 중 가장 서러운 것이 배고픈 설움 아닌가
한 십년 전 LA에서 막일 할 때
사나흘 정도 굶어 본 전과가 있네
그래서 내가 잘 알지
그때는 이 세상이 정말 지옥 생지옥이었어
지금은 다시 천국에 복귀하였네
백화가 만발한 천국의 오솔길을 산책하고 있네
파란 당나귀가 빨간 운동화 신고
휘파람을 휘휘 불며 홀로 유유자적하고 있네
때거리 걱정 안 하면 그것이 천국 아니겠나

천국과 지옥이 지금 현재 내 안에 있는 것이지
죽고 난 다음에 가는 곳이 아님을 새삼 깨우치네
때거리 걱정 하지 않으면서
불행하다고 우울해 하는 사람은
뭘 모르는 바보들이네 무지몽매한 것이지

익혁 상국과 영일 승창은 또 어찌 지내고 있나
해마다 정월이면 직장에 칼바람 부는 것
내도 아니까 전화하기가 망설여지네
우리가 한국 나이로 딱 오십 중반이네
징하지
환갑이 저만치 알찐거리는 이 나이에
뭔가 새로운 일을 시작하기에는
세상이 너무 무섭지 않을까 내 생각이네
난 그것이 싫어서 미리 직장 뛰쳐 나왔다가
진짜로 죽음의 문지방에 발 걸치고 있었네
미리 맞는 매도 웬만해야 미리 맞는 것이네
거의 사망 직전까지 갈 줄 알았더라면
매 미리 맞지 않았을 것이네
그때 미리 그만둔 것 많이 후회하였네
앞으로 비슷한 경우가 또 생긴다면

다시는 매 미리 맞지 않을 것이네
흔히 쓰는 말로 개기는 데까지 개기는 것이지

등 떠밀리기 전에 사표 내고 평소 내가 원했던
장사치의 길을 택했고 지금 그 길에 서 있지만
그 과정이 그만 말하겠네

과거의 나는 해마다 이맘때가 되면
봄을 기다렸네
그러나 지금은 그리 하지 않네
어차피 때가 되어야 오고
때가 되면 붙들어도 가는 것이
변함 없는 시간의 법칙 아닌가

나는 나무를 부러워 하네
생각도 없이 아무런 감정도 없이
더워도 덥다 하지 않고 추워도 춥다 하지 않고
그러면서 사계절을 해마다 바꾸어 사는
나무가 그저 부럽기만 하네
그래서 나도 나무같은 인간이고 싶네

친구야 건강 잘 챙기고 다른 친구들에게도
내 안부 대신 전해주시게
봄이 옴은 기다리지 않네
하지만 친구들 만날 날은 많이 기다리고 있네.

(01/29/2013)

바람에 구름 가듯이

구름이 발이 없고 날개가 없어
바람에 밀려
속절없이
이리 가고 저리 가고 하듯이

인생도 발이 없고 날개가 없어
운명에 밀려
속절없이
이리 가고 저리 가고 합니다

운명을 개척한다 극복한다
그런 말 하지 마세요

구름이 바람을
밀고 간다는 말 들어 보았능교.

(02/20/2013)

벽파 김정건 교수님을 그립니다

교수님 내외분의 소식을 교수님 음성으로 들을 수 있어서
그리고 저의 소식을 전해드릴 수 있어서 많이 기쁩니다

'born crying, live complaining and die disappointed'
라고 당신께서 정년 퇴임식 때 말씀하셨지요
그런데 저는 지금 불평과 실망을 동시에 하며 삽니다

야간 대학원 재학 시 당신의 강의 시간에
제가 꾸벅꾸벅 졸았지요
당시는 제가 말단 신입행원이어서 낮에
종일 바쁘게 일하고 허겁지겁 택시 잡아타고
강의에 참석하면 졸기 일쑤였습니다

행대 강의실 의자는 왜 그리도 푹신했는지요
그러던 어느 날 강의 마친 후 말씀하시기를
'석영아 학부 때 내 강의 다 들었으면
강의 듣지 말고 때가 되면 와서 시험이나 봐라'

한 10년 전 제가 이민 온 후 처음으로 LA에서
교수님을 뵈었습니다
LA 코리아타운 근처 어딘가로 기억합니다

제가 이제 배부릅니다 더 먹지 못합니다 하는데도
당신께서는 '더 먹어 더 먹어' 하시면서
갈비를 계속 추가 주문하셨지요
그 때는 제가 LA에서 다 찌그러진 깡통밴 끌고
막노동할 때였으니 꼴이 말이 아니었을 것입니다
그런 제 모습을 보시고 교수님 마음이 아프셔서
그러셨을 것입니다

제 새끼 사랑하지 않는 부모가 없듯이
자기 제자 사랑하지 않는 스승도 없습니다
그러나 교수님은 제자 사랑이 유별나셨습니다
제자들 일이라면 물불 가리지 않고 뛰어드시는 분이

당신이었음을 석영이가 압니다

수년 전 제가 나락에 떨어져 헤매고 있을 때
5백불 보내주셨지요
제가 감사 전화 드렸을 때 말씀하셨습니다
'너 안 먹으면 죽어'
그리고는 당신께서 유학하실 때
배가 고파 식빵 두 조각
훔쳐 드신 얘기도 들려주셨지요
그러시면서 얼마 안되는 돈이지만
굶지 말고 햄버거라도 사 먹으라 하셨습니다
그런 당신의 마음이 아버지의 마음입니다

또 사모님께서는 손수 만드신 파운드케익을
예쁘게 포장하셔서 우편으로 보내주셨습니다
그리고 제가 감사 전화 드렸을 때
사모님께서 제게 물으셨습니다
두둑한 옷은 있어요
이불은 있어요
잠자리가 춥지는 않아요
그런 사모님의 마음이 어머니의 마음입니다

이제 교수님 내외분 뵈온 지 10년 되어 갑니다
같은 나라에 살면서도 멀리 떨어져 살다 보니
그리고 제가 아직 사람구실을 하지 못해
찾아 뵙지를 못합니다

제가 생사의 갈림길에서 고통스러워할 때
교수님과 사모님께서는 저의
든든한 버팀목이 되어주셨습니다
넓은 땅 미국에 의지가지 없는 저에게
교수님과 사모님은 부모님이셨습니다
제가 울면 같이 울어주셨습니다
저의 이혼사실을 전화로 말씀드렸을 때
사모님께서 참 많이 우셨습니다
덩달아 저도 전화기 붙들고 같이 울었습니다
두분 덕택에 이제는 마음의 평화를 누리며
전보다는 잘 살고 있습니다 감사합니다

버지니아에서 달라스로 이사 하셨어도
저에게는 여전히 멀기만 합니다

마음만 언제나 두분 곁에 가 있습니다

두분의 연세가 이제 팔순이 되셨습니다
그런데도 조만간 찾아 뵙겠다는 말씀
아직도 드리지 못합니다
저를 많이 보고 싶어하시는 교수님의
마음을 알면서도 말입니다 죄송합니다

교수님께서도 건강이 좋지 않으신데
사모님의 병세가 악화되어 많이 힘드실 겁니다
도움이 되어드리지 못하는 저 자신을 원망합니다
그저 병세가 호전되기만을 기도할 따름입니다

어버이의 사랑을 받기만 하는 것이
자식인 것처럼
저 역시 당신의 사랑을 받기만 합니다
많이 감사합니다 그리고 또 많이 죄송합니다.

(2013년 스승의 날에)

시간이 흐르는 소리

친구야 시간이 말하는 소리 들어 보았는가
친구야 시간이 흐르는 소리 들어 보았는가.

난 그네들의 대화를 엿들으며
말을 건네기도 한다네
물론 말 상대가 없으니 그리하는 것이네.

사람들이 떠들고 싸우는 왁자지껄
술 쳐먹는 거리의 고성방가 악다구리
자동차의 경적 빵빵
파도치는 소리와 얼라의 응애 울음과

새순이 돋는 소리와 비가 내리는 소리
하얀 바람이 불고
노란 낙엽과 빨간 단풍이 떨어지는 소리
청솔가지에 눈이 쌓이는 소리마저도
이 모든 것이 시간의 소리 아니겠나.

우리네 인간이 듣기 싫어도
듣게 되는 '시간이 흐르는 소리'
그것은 모두 이유 있어 부는 바람이네.

그런데 말일세 시간의 소리 중에
듣고 싶어도 듣지 못하는 것이 딱 하나 있는데
숨이 넘어가는 소리
시간이 멈추는 소리가 그것이네.

(07/03/2013)

떠난 자리에 남는 것은

봄이 앉았다 떠났습니다
그 자리에 파란 풀포기가 돋아납니다

가는 봄 가는 봄
아쉬움 남기고 가는 봄
붙들어도 붙들어도
꽃향기 따라 봄은 가버립니다

간 사람 간 사람
가버려서 못내 아쉬운
그 사람을 내 어이 할꺼나
살냄새 남기고 떠난 그 사람을

당신이 떠났습니다

그 자리에 그리움이 울컥 솟아납니다.

(07/23/2013)

등불

십년 전 워커힐 커피숍에서 만나 점심 같이 먹고 헤어짐
그것이 당신과 나의 마지막 만남은 아닐런지요
아니겠지요
아니 됩니다
그때 우리는 헤어지면서
남들처럼 '안녕' 하지 않았지요
그날의 헤어짐이
마지막이라 전혀 생각지 않았으니까요

그리 멀지 않은 날에
다시 만날 것을 믿기 때문에 그랬었지요
그런데 어느 날 내가 폭풍우 몰아치는

거친 바다에 내동댕이쳐져
풍랑과 홀로 싸우며 허우적거리다 보니
어느새 십년 세월이 훌쩍 흘러버렸구려
어허!

옛 사람들이 십년이면 강산도 변한다 했지만
그건 그네들의 일인 게요
지금은 워낙 변화가 무쌍해
해마다 강산이 바뀐다 합니다
그러니 우리는 강산이 열번 바뀌었는데도
아직 재회하지 못하고 있는 게요

옛 시인이 노래합니다
만날 때 떠날 것을 염려하는 것과 같이
떠날 때에 다시 만날 것을 믿습니다
우리는 만날 때
떠날 것을 염려하지 않았습니다

그런데 십년 세월이 흘러버렸구려
우리가 그날 헤어질 때
다시 만날 것을 서로가 의심하지 않았으니

언젠가 다시 만나겠지요
그래도 한가지 욕심어린 바램이 있다면
그것이 이승에서의 일이기를 간절히 바라오
죽어 삼도천 건너고 난 뒤
저승에서 만나면 알아보지 못할까
그것이 염려되기 때문이오

여기는 지금 자정이오 한국은 대낮 오후겠지요
뭐 하시오 지금
저녁거리 장만하러 장에 계시오
아니면 헬스클럽에서 러닝머신 달리고 계시오
아무렴 어떠하겠오
검은 정장이 잘 어울리는 당신이지만
나는 노란 재킷의 당신을 더 좋아합니다
왜냐구요?
우리가 처음 만나던 이십대 초반의 모습이
그대로 남아 있기 때문이오
그 시절 그 모습 그대로 말입니다

어쩐지 오늘 밤은 까마귀도 둥지에서
이리저리 뒤척일 것 같은 그런 밤입니다

꺼지지 않고 타오르는 내 가녀린 마음은
소, 당신의 밤을 지키는 파란 등불이외다.

(09/13/2013)

우리들의 거짓 이별

지난 날 당신과 내가 만나면 우리는 언제나
오래 묵은 다정한 친구처럼
이런 이야기 저런 이야기를 나누었지요
그런데 그것들은 모두 실없는 대화였습니다.

내가 하는 말도 거짓말
당신이 하는 말도 모두 거짓말
우리 사이엔 언제나 거짓말만 오고 갔지요.

왜 거짓말이냐고요?
그것들은 모두
마음 깊은 곳에 있는 말들이 아니어서

내가 거짓말이라 하는 겁니다
그러니 우린 만날 적마다
거짓말만 희롱하다 헤어진 겁니다
아시지요.

하지만 우린 거짓말을 늘어놓으면서
속으로 진짜 대화를 나누었습니다
이 또한 아시지요
우리가 진짜 대화하는 방법은 언제나
무언의 대화였습니다
말없는 말이었지요.

이것 역시 아시지요
지금 우리의 이별이 가짜 이별인 것을
하지만 나는 지금의 이 가짜 이별이
마침내 끝나 참 이별이기를 바랍니다
왜냐구요?
가짜 이별을 참 이별로 바꾸려면
한번은 더 만나야 하기 때문입니다.

(09/25/2013)

허수한 마음

언제가 가을이냐 내가 나에게 묻노니
내가 몰라서 묻는 것은 아닌데
입추지나고 입동 되기 전이 가을
이것은 달력이 하는 말인데
가을은 시월 한 달 뿐인데
구월은 여름의 땀냄새가 채 가시지 않아 가을 아니고
동짓달은 겨울의 전령이라 가을 아니고
그러니 가을인 가을은 시월 한 달 뿐인데

단풍잎이 단풍이라 빨갛게 물들고
은행잎이 노릇하니 노랗게 물드는 시월
헌데 혼자 사는 홀아비는

가을의 낭만이 낭만 아닌 게야

쓸쓸함과 스산함과 구슬픈 색소폰 소리가
차가운 달빛 아래 어우러진
그런 가을인 게야

귀뚜라미 우는 소리에
허수한 맘 가누지 못하는 그런 가을인 게야

시월이 가고 있어요
속절없이 가고 있어요
가을이 또 무심하니 저물고 있어요
하지만 내 맘은 무심하지 못해요

파란 '가을의 전설' 한조각 만들고 픔
그것이 부질없는 꿈인 줄도 알고 있어요.

(10/12/2013)

찬 이슬

시월의 가을이 단풍으로 곱게 물들기 전에
홀아비 마음이 먼저 이슬에 차갑게 젖는다.

(10/15/2013)

구름은 까마귀 따라 흐르고

빛 바랜 낙엽이 바람에 쫓기웁니다
그러다 발 아래 부서집니다
귀뚜라미 우는 가을밤은
그래서 우울한 것이 처량한 것이 쓸쓸합니다

달 밝은 밤이 차갑기도 차갑습니다
생각없는 구름이
까마귀 따라 서쪽으로 흘러갑니다

색소폰 소리도 덩달아 흘러갑니다
누군가 잠들지 못하나 봅니다
말 못할 사연이 있겠지요

그러나 가을과 색소폰이 그 사연을 압니다.

(10/31/2013)

두려움

나는 지금 어디로 가고 있나?
답이 없는 질문인 줄 알면서
되묻곤 되묻곤 합니다
누구에게 묻는지조차 모릅니다

나에게 묻는 듯도 하지만
그건 아닙니다
내가 알지 못함을
내가 알기 때문입니다
신에게 묻는 것도 아닙니다
존재를 믿지 않기 때문입니다

나는 지금 어디로 가고 있나?
답은 모르지만
묻는 이유는 내가 압니다
그것은 두려움입니다

오점투성이에
회한만이 가득한 그 길을 또
휘적휘적 걷고 있는 것은 아닐까
하는 두려움과

끝을 알지 못하는 삶의 질곡에서
이미 십년이 넘는 삶의 슬픔에서
어쩌면 영원히 벗어나지 못한 채
이렇게 살다 죽을지도 모른다는
그런 두려움

나는 지금 어디로 가고 있나?

(11/16/2013)

나의 벗 나의 님

벗은 만나지 못해도 벗이고
님은 언제나 내 가슴에
그리우니 나의 님이라.

달빛이 차갑게 젖는 밤
하얀 꽃잎이
파랗게 빛나는 밤
나는 둘 모두를 생각한다.

(02/01/2014)

되새김질

회한이 무엇이냐 내가 나에게 묻노니
그것은 슬픔
슬픔이 무엇이냐 내가 나에게 묻노니
그것은 아픔
그래서 회한과 아픔은 같은 말입니다.

회한이 무엇이냐 내가 나에게 묻노니
그것은 내가 나에가 입힌 자해의 상처
삼십년 전 내가 나에게 입힌 상처를
어제도 긁고 오늘도 긁습니다
그래서 그 상처 아물 날이 없습니다.

소는 매일 되새김질을 하지만
어제의 것과 오늘의 것이 다른데
어찌하여 '나'라는 존재는
같은 여물을 씹고 또 씹으며
삼십년 되새김질을 하고 있는지.

육신의 상처는 때가 되면
딱지가 앉고 아물지만
마음의 상처는 죽어야 아무는 것.

자초한 내 마음의 상처는
갈 때 싸들고 가면 되지만
내가 당신을 무시해
당신에게 입힌 상처
나는 그것이 아물었기를 바랍니다
잊혀졌기를 바랍니다
이제야 그것을 깨닫습니다.

나 아닌 누군가의 마음에 입힌 상처
그것을 내가 지우지는 못합니다
그래서 그것이 내가 훔쳐서라도

잡아다 죽이고 싶은 또 다른 '나'입니다.

잠자리 한 마리 노란 호박꽃에 앉아
잠시 졸다 날아갑니다
눈까풀이 없는 잠자리의 졸음은
졸고 있어도 남들이 알지 못합니다
나도 잠자리의 졸음처럼
내 마음의 회한이
남들에게 들키지 않기를 바랍니다.

과거를 되새김질하며 힘들어하는 인간
어쩌면 인간의 삶이
되새김질의 연속인지도 모르겠습니다.

(03/02/2014)

내 이민생활의 성적표

한동안은 나에게 있었지요 모든 것이 다 있었지요
나는 그것들이 언제까지나 나와 함께 하리라 여겼습니다
아내와 아이들과 그네들과 같이 살던 집이
살아서 나를 떠나리라 조금도 의심하지 않았습니다.

어느덧 이제는 모두 떠나가버려
더 이상 내 곁에 남아 있지 아니합니다
나만 홀로 남겨두고
그래서 나는 지금 알거지가 되었습니다
이것이 내 이민생활의 성적표입니다
재수강조차 불가능한 'F' 학점입니다

시절인연과 운명은 다른 말이면서 같은 말입니다
아내와 아이들과 집이 모두
나와의 인연 때문에
나에게 와 잠시 머물다 인연이 다해 떠났습니다.

그네들의 떠남이 나의 운명인가
아니면 그네들의 운명인가 생각을 해봅니다
나의 운명이면서
동시에 그네들의 운명이기도 하겠습니다.

홀아비도 운명이고 이혼녀도 운명이고
그래서 결손가정이 두 아이의 운명이 되었습니다
이 세상에 잔인하고 무자비한 것이 많기는 많아도
운명보다 더한 것은 없겠습니다.

무덤 속 하얀 해골에 달빛이 파랗게 부서집니다
심연의 두 눈이 희번덕거리고 있습니다.

(05/05/2014)

인생 별곡

여기는 미국땅
저기는 한국땅
사이에 태평양

여기에 왜왔나
뭐하러 예왔나
잘살자 욕심에
처자식 데리고
예왔다 알거지
처자식 다잃고
재물도 몽조리
오가도 못하는
내신세 홀아비

무심한 세월만
잔인케 흘러요

영어를 잘하나
근력이 실한가
이저도 아니면
뭔재주 있었나
그러니 쪽박차
알거지 딱이지
검머리 반백에
먹은건 나이뿐

에헤라 못난것

부모님 편시오
못난놈 봐주소
그래도 자깨나
어버이 생각소
효관광 못시켜
언제나 켕기오
이저러 한세상
그렇게 갑니다
바닷가 굴껍질
역사를 말하고
물우에 갈매기
살았다 날개짓

숭어야 망둥아
아직도 잘있니
새우젓 짜린내
부둣가 비린내
뻘바닥 게들아
아직도 게걸음

삘삘삘 바쁘니

광통교 운종개
병아리 삐이약
오가다 마주쳐
한마디 하신말
얼결에 벙어리
지나고 멍청이

죽어야 잊히울
내아니 잊혀져
그리운 그사람
지난날 돌이켜
한숨이 많고 많아요
죽기전 또다시
못잊을 당신을
삼도천 건너며
그래도 못잊을
까만돌 소복이
하얀꽃 소소요

허수한 사내맘

우물가 지렁이

파랗게 물이 들어요.

(08/07/2014)

계절이 오고 감도 시절인연

가을이 오는 길목에 멍하니 서성거리며

당신은 무슨 생각을 그리 합니까

지난 여름을 아쉬워합니까

다가 올 겨울을 기다립니까

그러지 마세요

둘 다 부질없습니다

그냥 지금 이 순간

빨갛고 노란 가을을 만끽하세요

그것이 '현재'라는 때입니다

현재만이 '내 것'입니다

세상만사 모두 때가 있습니다

때가 되어 왔다가
때가 되면 갑니다

사랑도 또한 '때'입니다
때 지난 때를 아쉬워하는 것이
부질없는 것은 아닐런지요

발 밑에 뒹구는 낙엽과
가을비에 젖은 들녘을 바라보면서
'아! 가을이구나'
무심하기가 쉽지 않습니다

때로는 정신나간 사람처럼
멍하니 서 있기도 합니다
감상주의자가 되어
까닭 모를 슬픔에 젖을 때도 있습니다
가을에 그러합니다 유난히 그러합니다.

(10/03/2014)

마음 속 거문고는 저 홀로 우는데

또 시월이 깊어 갑니다 가을이 무르익어 갑니다
세상만사에 무심한 인간이 되려 하지만
아직 수양이 부족해 무심하지를 못합니다
어찌 생각하면 '무심'과 '냉혹'과 '잔인함'이
같은 말인지도 모른다 생각이 듭니다

우중충한 마음을 반전시키기 위해
한국에서의 지난 날들을 회상합니다
겨울이면 아이들과 눈밭을 뒹굴기도 했었고
애들 태운 썰매를 끌고 도로를 달렸습니다
큰놈은 내가 막내는 아이들 어미가 끌고
아이들이 썰매에서 고래고래 소리지릅니다

'아빠! 더 빨리 더 빨리'
이 소리가 아직도 귓가에 남아 있습니다
세월이 잔인하게 흘러
큰놈은 작년에 대학생이 됐고
막내는 내년 가을에 대학 갑니다
내 나이 마흔이 다 되어 본 아이들인데
아비가 환갑되기 전에 대학 졸업하고
성인이 되어 사회인이 될 것입니다

아이들에게 그들의 미래에 관해 말 않습니다
아이들이 아주 어려서는 말했지만
이제는 일절 말하지 아니합니다
말 해봐야 그것은
아비의 바램일 뿐이기 때문입니다
나의 생각을 아이들에게
강요하는 결과가 되기 때문입니다
대신 조용히 기도합니다

카릴 지브란이 노래합니다
자식들에게 '사랑'을 줄 수는 있어도
'생각'까지 주지는 못한다

아이들은 부모가 꿈에서 조차 갈 수 없는
'내일의 집'에 살고 있기 때문에

어제는 가을비 소나기가 한줄기 내렸습니다
오늘은 가을하늘이 파랗습니다
기온도 떨어져 날씨가 쌀쌀하니 찬바람 붑니다
세상에 찬바람 부는 것이 어디 날씨 뿐이겠습니까.

(10/21/2014)

14년, 그리고 또 다른 14년

오늘이 내가 학부 마치고 취직했던 직장을 14년만에 그만두고
이민온 지 14년 되는 날이다
14년 전 오늘 파란 꿈과 함께 처자식 데리고
샌프란시스코 공항에 내렸었다.

한국에서의 직장생활과 미국에서의 이민생활이
시간의 길이는 14년으로 둘이 같지만
같은 것은 그것 뿐이고 내용은 완전 딴판이다
앞의 14년은 얻기만 한 시간이고
뒤의 14년은 잃기만 한 시간이기 때문이다.

은행 다니면서 14년 동안 아내와 아이들과

그리고 적지 않은 재물과 많은 친구들을 얻었다
그래서 복을 많이 받은 시간들이다
미국생활은 이렇게 14년 동안 얻은 복을
깡그리 잃어버리고 빈털털이가 된 14년 세월이다
탑을 쌓기는 어려워도 무너지는 건 잠깐이다
이민 초 서너해 동안에 다 무너지고 부서져
지금은 파편만이 여기저기 어지럽게 뒹굴고 있다
아내를 잃었고 아이들을 잃었고
재물도 홀라당 날려 알거지가 됐었고
몇몇 친구들과도 이제는 소원해졌다
금전문제 때문은 아니었지만 모두 내 탓이다.

지난 연말에는 5년 묵은 빚을 갚기 위해
금년에는 해를 넘기지 말자 하는 마음으로
오랜 친구 'H'에게 실로 간만에 전화를 걸었다
오랜 시간 빚진 죄인의 마음으로 전화하지 못했다
먼저 늦어서 미안하다 사과하고 통장번호를 달라 했다
이제는 갚을 여력이 생겼다고도 말했다
친구는 시치미 딱 떼고 '뭔 얘기냐?' 한다
똑똑한 그녀가 기억하지 못할 리 없는데
자기는 받을 생각으로 보낸 게 아니다 하면서

그 돈이 힘이 돼 다시 일어섰으면 그게 갚은 것이다 한다
작은 돈도 아닌데
5년 전 내가 H에게 아쉬운 소리할 때는 돈에 워낙 쪼들려
살아 숨쉬는 순간 순간들이
정말 똥끝이 바싹바싹 타들어가는 그런 때였었다
법원에 파산신청할 무렵
내 삶의 신조 중 하나가
'이승에서 진 빚 저승까지 가져가지 말게나'
하지만 이래서 갚지를 못했다 갚지 않은 게 아니고.

돌이켜 생각하면 내가 다 잃은 것 같아도 그게 아니다
어느 시인이 '금'에 비유한 오래 묵은 친구들이
나에게는 지금도 많이 있기 때문이다
내가 비록 와장창 망가지긴 했어도
잃은 것은 가정이요 재물이요 시간일 뿐
금쪽같은 친구들마저 잃은 것은 아니구나
내가 인생 헛 살지는 않았구나 내심 자위도 해본다.

친구들의 도움이 있어서 생과 사의 갈림길을 벗어나
더 이상 때거리 걱정하지 않고 지금은 잘 살고 있다
그저 그들에게 감사할 따름이다

단지 아쉬운 것이 하나 있다면
내가 그네들에게 '금'이 되지 못하는 것이다.

이렇게 지나간 28년을 짧게 되돌아보면서
나의 잠언 한토막을 되새긴다
'잃기만 하는 인생도 없고 얻기만 하는 인생도 없다'

내일부터 또 다른 14년을 시작한다
잃어버린 것들을 되찾는 14년을
물론 시간이 가져간 것들은 어찌하지 못할 것이다.

(03/11/2015)

나 죽거들랑

이담에 나 죽거들랑 꽁꽁 염하기 전에
귀싸대기 한 대 씨게 갈겨주라
혹 도망친 내 영혼이
화들짝 놀라 되돌아올지 모르니.

이담에 나 죽거들랑 불가마 넣기 전에
발바닥 한번 살살 간질여주라
혹 내가 실실 웃으며 떠날지 모르니.

(07/05/2015)

가을 초상화

외지고 인적없는 숲속에 작은 오두막 한채
앞에는 실개울이 졸졸 시간을 재촉하고
파란지붕이 물결에 흔들리고
송사리 피래미가 꼬리를 살래살래 젓는다.

뒤꼍에 패리오 테이블과 나
의자는 둘이 아니어도 족할 것이다.

물소리 바람소리 새들의 지저귐
자연의 코러스 시인의 교향악
이보다 더 아름다운 노래 있을까.

빨강 노랑 색색으로 물든 숲
가지를 떠난 나뭇잎 물에 떠내려간다
낙엽은 나무를 그리워 않을 것이다.

해거름 지나고 밤이 깊어간다
새들도 새근 잠이 든다
물소리가 소리없이 들린다.

벽난로에 장작이 생각없이 타고 있다
손에 와인 한잔 들고
떨어지는 낙엽을 바라보면서
친구들을 생각한다
피붙이를 생각한다
그리고 소를 더듬는다
아! 모두 부질없는 것이야 하며 잠을 청한다.

(09/16/2015)

만유가 시간의 눈물

가버린 시간 되돌리지 못하니 설움이요
미래도 내 것이 된다는 보장 없으니 설움이외다
그러니 시간이 설움이요
살아 숨쉬는 모든 것이 설움이외다.

석양빛 붉은 노을만이 설움인가요
동녘하늘 아침 햇살도 설움이외다
세월의 빠름만이 설움인가요
시간이 멈추지 않음도 설움이외다.

흐르는 촛농도 시간의 눈물이니 설움이요
밤하늘에 빛나는 별들도 설움이요

별빛에 반짝이는 이슬도 설움이요
가을바람에 떨어지는 낙엽만이 설움 아니외다.

병들고 늙고 죽는 것만이 설움인가요
태어남도 설움이외다
만개한 장미와 목련도 설움이외다
만유가 모두 시간이고 설움이외다.

보고픈 사람 만나지 못함만이 설움 아니외다.

(10/10/2015)

버려진 허수아비

때는 가을입니다 시월이 지나버린 늦가을입니다
들판은 가을걷이 끝나 황량합니다
아른아른 아지랑이 옛 일이 됐습니다
이제는 된서리 하얗게 가득합니다
벼 베던 농부마저 보이지 아니합니다.

회색빛 하늘에 배고픈 까마귀 어지러이 납니다
초라한 허수아비 하나 빈 들판을 서성입니다.

옷은 비바람에 시달리고 찢기우고
거지 중에 상거지 꼴입니다
찢어진 누더기 사이로 속살이 드러나고

각설이 모자는 없어진 지 오래고
머리는 뒤로 돌아가 세상을 외면합니다.

허수아비가 생각합니다
다 어디 갔나 어디 갔나 모두 보이지 않는구나!

(11/11/2015)

지칠 날

잊으려 하니 서러워 흐르는 시간에

어제처럼 그리고 내일처럼
어제도 아니 잊고
내일도 아니 잊을 것입니다
부질없는 줄 알면서

대지를 휘감아 도는 어둠처럼
나를 휘감는 것이
나의 운명인 줄 압니다
당신의 운명인 줄도 압니다

사노라면 지칠 날도 있겠지요
그 때가 가는 때인 줄도 압니다
그래도 지칠 날 오지 않는 것이
당신 생각하는 밤입니다

내일은 비가 온다고 합니다
비가 내리는 밤
낙숫물 떨어지는 소리
그것은 차갑게 떨어지는 내 마음입니다.

(11/23/2015)

나 조는 동안에

죽음이 나 조는 동안에 살며시 다녀가면 좋으련만

자고 나니 간밤에 비가 온 듯
길바닥이 흥건합니다

그 사람도
나 조는 동안에 살며시 다녀가면 좋으련만
생각은 그 사람 안에 멈춰있는데
시간은 속절없이 흐르고 또 흐르고

가버린 것도 사람이요 오지 않는 것도 사람이외다.

(11/24/2015)

그리움이라는 병

비가 내린다 봄비가 지리지리 내리니
까마귀도 처마밑에 오수를 즐기고

부침이 생각나고 해물파전이 그립고
오뎅꼬치에 쇠주 한잔 쪽 들이키면
라면국물에 김치 한 젓가락도
서운치는 않을 것인데

세상에 쓸쓸하고 궁상맞은 것이
독작보다 더한 것이 있을까 마는
대가리 허연 것이
그 짓거리하면 억수로 불쌍타 하겠지

천지가 파란 생기로 가득한 봄날에
心통에 똑똑 떨어지는 비
반가울 건덕지 있을까 마는
그래서 사랑도 그리움도 병이라

봄이면 봄빛에 피었다 지고
가을이면 갈바람에 물들고 지는 그리움.

(03/04/2016)

낙조(落照)

가을 날 떨어지는 낙엽을 바라다보면서
당신은 무슨 생각을 하시나요
지는 해 석양빛 낙조를 바라다보면서
당신은 또 무슨 생각을 하시나요.

지난 날들을 그리워하시겠지요
서러움의 눈물도 뿌리시겠지요
그것은 회한의 눈물입니다
아직 슬픔의 때가 된 것은 아닙니다.

낙엽이 흙으로 돌아갈 때
낙조 사라지고 어둠이 깔리고

아무 것도 볼 수 없을 때

그 때가 돌이키지 못할 슬픔의 때 아닐런지요.

(05/14/2016)

시간의 밥

저만치 젊은 아가씨 어린 여인네 둘이 지나간다
긴 머리 팔랑거리며 몸매 드러나는 청바지 입고
이쁜 궁뎅이 위쪽비쪽 흔들며
불현듯 학교 다닐 때
교정에서 도서관에서 자주 마주치던
여학생들 모습이 떼거리로 떠오르는데

빨간 뾰족구두 간호학과 희
긴 머리 찰랑 영문과 숙
데모꾼 현과 미
그리고 기억 저편으로 사라진 女 女 女 …

지금 이 애들 어디서 어떻게 살고 있을까
시집가서 애 낳고 뭐 그렇게들 살고 있겠지
지금은 모두 초로의 아지매
세월이 웬수
청춘은 아득하니 이내 사라졌고

조금 더 시간이 이래 흐르면
이 애들도 나도 시간 속으로 사라지겠지
모두가 사라지겠지
모두가 시간의 밥이 되고 마는 것이지

학교 앞을 지나던 205번 시내버스가
사직터널 속으로 사라지고 보이지 않듯이
그렇게 모두 불귀의 객이 되는 것이지
이것이 태어난 죄 산자의 운명인 것이지

세상에 무심한 건 시간보다 더한 것이 없겠습니다.

(05/14/2016)

그 때 시간이 거기서 멈추었더라면

살다보면 시간이 멈출 때가 언젠가 옵니다
시침과 분침과 초침이 모두
어느 순간 멈출 때가 반드시 옵니다.

시간이 거기서 멈추었더라면 하고
바라는 때가 나에게 있습니다
그것은 과거의 어느 때입니다
이민오기 전입니다
더 뒤로 잡으면 망가지기 직전이
바로 그 때입니다.

즐거움의 끝에는 고통이 옵니다

고통의 끝에는 즐거움이 온다는데요.

흙내음이 코끝에 향긋하니 간질입니다
비가 오는 것이 분명합니다
고개를 돌려 밖을 내다봅니다
아니나다를까 비가 내립니다
비가 후드득 땅을 때리고 부서집니다.

그 때 나의 시간이 거기서 멈추었더라면
그 날 이후 잃어버린 것들
잃지 않았을 터인데요
지금의 회한도 없을 것인데요
멈춰버린 시간의 흐름에
그저 하얀색 미련 한조각 떠 있을 것인데요.

(05/21/2016)

내 인생의 서사시(敍事詩) 1

설상가상 엎친 데 덮친 격 이 말들의 쓰임새 치고 좋은 것 없다
모두 불행과 관련된 말들이다
좋은 일은 어쩌다 가끔 생겨나고 나쁜 일은 떼거리로 달려든다
차례도 지키지 않고 서로 밀치며 한꺼번에 몰려온다
2010년을 전후로 약 10년간 내가 그랬었다
인간이 겪을 수 있는 몸과 마음의 고통을 모두 겪었다
이혼으로 인한 마음의 고통과 수술로 이어진 육신의 고통
그리고 가난의 설움과 배고픔 등등이 그것들이다.

2008년 12월 1일은 한 인간이 숨어사는 두더지가 된 날이다
구멍가게 차려서 뿌리 채 내리기도 전에 불어닥친 금융위기로
가을바람에 낙엽이 흩어지듯

내가 차가운 길거리에 나앉은 것이다.

월 600불 내는 아파트 나와 미니밴에서 잠을 자기 시작했다
딱 3주 그렇게 살았다 미국은 이것이 불법이다
그래서 일단 차에 들어가면 숨어 있어야 했다
밤 열한시가 되면 가게에서 약식으로 목간 마치고
두더지가 은신할 곳으로 이동한다
여기는 대부분 화장실 바닥에 하수구멍이 없어
큼직한 공구함에 들어가 바가지로 물 뿌려 목간하고
다음 날 가게 뒷편에 오수를 버린다
먼저 주변에 보는 사람이 있나 없나 살핀 후.

목간하는 물도 온수가 아니다
가게에 보일러가 없어 커피포트로 약 1.5갤런의 물 데워
찬물과 섞으면 미지근한 물 4갤런이 만들어지는데
이 마저도 목간 하기에는 턱없이 부족해
상반신만 이 미지근한 물로 세척하고
머리와 하반신은 찬물로 감고 씻어야 했다
겨울에는 튄 물 닿지 않을 거리에 전기난로 켜 놓고서
이런 거지같은 목간일 망정 하루도 거르지 않고 매일 했다
밴에 들어갈 때 입이 큰 캔디통 반드시 챙긴다

이것이 나의 '요강'이다
은신처는 직전에 살던 아파트 단지 외진 곳
살던 곳이라 사람들 눈에 띄지 않을 곳을 알기 때문이다.

때는 12월 추위가 매서운 한겨울이다
스폰지 매트리스 두장을 겹으로 깔고
슬리핑백 두 장을 덮어도 너무 추워서
잔뜩 웅크리고 자야하니 냉동새우가 따로 없다
숨어 있는 것이니 차의 히터를 틀지 못한다
여기는 비가 여름에 오지 않고 겨울에 내린다
은신한 곳이 커다란 나무 밑이라 비바람부는 밤이면
차창 밖으로 나뭇가지가 유령처럼 흔들거린다.

그러던 어느 날 LA 사는 동은과 통화하다가
이실직고했더니 2천4백불짜리 수표를 보내왔다
자기도 경험해봐서 아는데
그러다 몸 망가지니 방 얻어라 했다
반년치 방세라 하면서 그러나 난 방을 얻지 못했다
더 급한 발등의 불이 활활 타고 있었기 때문이다
대신 가게에서 잠을 자기 시작했다 12월 21일부터
차디 찬 차에서 자는 것보다 춥지는 않아

적어도 얼어 죽지는 않겠구나 안심이 됐다
이래서 두더지의 삶이 본격적으로 시작된 것이다
인간이 두더지가 된 것이다
가게 뒷편이 두더지굴이다
창고로 쓰던 가로 세로 각각 2.5m 정도의 공간이
침실이 되었다 교도소 독방 크기 정도 될 것이다
상업용 건물에서의 숙박 또한 불법이어서
협소한 공간에 소등하고 살아야 하니
밤이면 가게가 깜깜한 두더지굴이 되고
그 속에 남들이 눈치채지 못하게 살아야 하니
멀쩡한 인간이 두더지가 되는 것이다.

겨울에는 작은 히터를 틀면 춥지 않은데 여름이 문제다
7월에는 섭씨 40도 넘는 날이 종종 있기 때문이다
이런 날에는 한밤중 실내온도가 30도를 웃돈다
창살 없는 감옥 밀폐된 공간 한증막이 따로 없다
고장난 가게 에어컨은 수리비가 부담이 돼
고칠 엄두도 내지 못하고
대신에 작은 쿨러를 트는데 없느니보다는 낫다
자다가 너무 더워 새벽에 베개 하나 들고
가게 근처 길가에 세워둔 밴으로 튀기도 했었다

이러다 밤에 소리없이 그냥 가는 것은 아닐까
하는 망측한 생각이 들 때도 간혹 있었다.

가게 근처를 도는 순찰차를 보면 가슴이 철렁
제 발이 먼저 저려오는 도둑의 심정으로 내려앉는다
'혹 나 잡으러 온 것은 아닐까!'
걸리면 가게 강제폐업에 얼마 되지도 않는
권리금 날아가고 밥줄 끊기고 진짜 홈리스 되는데.

두더지로 살기 때문에 옷차림과 외모에 신경썼다
최대한 단정하게 깔끔을 유지하려 노력했다는 말이다
홈리스 홀아비 티 내지 않으려고.

이 때 처음으로 깨달은 것이 몇가지 있다
인간이 생명을 유지하기 위해 섭취해야 할
음식물의 양이 그리 많지 않음을 알았다
질의 문제는 사치였다
단지 허기만 면하면 족했기 때문이다
또한 '중이 제 머리 깎지 못한다'는 말이
새빨간 거짓말임도 알게 되었다
이발비가 없어 전기바리깡 사다가

손 끝으로 더듬어가며 내 손으로 빡빡 밀었다
한 1년 그렇게 빡빡머리로 살았었다
민머리 가리느라 모자를 쓰기 시작했는데
습관이 돼 지금도 언제나 모자를 쓴다
이발비 절약이 목적이었으면 반대로 생각해서
깎지 않고 그냥 길렀더라면 하는 생각도 해본다.

그리고 이 세상에는 모든 이로부터 버림받고
어느 누구로부터도 동정받지 못하는 인생이
수없이 많음도 조금은 알게 되었다.

빈 음료수 캔을 눈에 보이는 대로 수집했다
내가 마신 것과 가게 앞 쓰레기통에 버려진 것과
산책길 눈에 보이는 것들 모두를
그러나 일부러 수집하러 다니지는 않았다
그러면 진짜 넝마주이 되니까
그렇게 모아서 서너달에 한번씩 팔면 한 20불 만든다
가게 뒷켠 쓰레기통 옆에 버려진 날감자 주워다
삶아 먹은 것도 이 때의 일이다
배고픔도 죽음에 이를 수 있는 병 아니겠나
돈이 되는 것이라면 모두 팔았다 또 그래야만 했다

아이들과 물놀이하던 고무보트와 캠코더와
제빙기와 얼음 냉동고와 스노우콘 머신과
자전거와 자전거를 차 뒤에 달 수 있는 rack 등
모두 얼마 쓰지를 않아 신품과 다름없는 것이지만
돈이 워낙 급해서 똥값에 처분해버리고 말았다
300불 주고 산 세탁기는 가게 근처에 사는 빅토리아에게
3개월 할부로 150불에 팔았다 딱 6개월 쓴 것이다
400불 주고 산 고무보트 일체를 150불에 팔았는데
받은 돈 중 100불짜리 한장이 위조지폐였다
다음 날 은행에 가서야 알았다
그 날의 속쓰림 죽을 때까지 평생 잊지 못할 것이다.

가재도구 중 침대와 식탁과 소파는 홈리스 되기 직전
아는 사람들에게 줘버렸다 진 신세 갚는 셈치고.

지금은 한숨 돌린 뒤이니 우스갯소리 하나 끼워넣는다
이것 저것 팔다가 장난삼아 '나'를 판다고 광고했다
손님이 묻는다 값은? 내가 답한다 단돈 99센트
손님이 말한다 근데 몇 년식입니까? 59년식입니다
'에구! 유지비가 엄청 더 들겠군'
이래서 내가 팔리지 않았고 며칠 뒤 매물 거둬들였다

통신수단도 모두 끊었다

집 전화는 끊을 일 없고 우선 셀폰부터 해지하고

그 다음에 가게전화와 인터넷까지 해지함으로써

나와 관련된 모든 통신수단을 두절시켰다

서너달 그리 지내다 보니 영업에도 지장을 초래해

가게전화부터 살렸다 그 다음으로 셀폰을 살렸다

인터넷은 4년 정도 지난 뒤에 LA 사는 친구 창환이가

1년치 요금 400불을 보내주어 다시 개통시켰다

친구 덕에 지금은 신문도 보고 이멜도 재개하고

블로그도 개설해 틈틈이 써 모은 글도 올리고

근자에는 페이스북도 오픈해 한국에 있는 친구들

얼굴도 보고 소식도 주고받으며 나름 재밌게 산다

어차피 행과 불행이 모두 맘 속에 있는 것 아니겠나.

나의 침실 바로 위 가게 천장에는 쥐들이 산다

잠을 청하고자 자리에 누우면 이놈들이 천장에서

자주 달리기 시합을 벌인다 다그닥 다다닥

그러던 어느 날 밤 화장실에 들어가 스위치를 올리니

생쥐 한 마리가 다리 사이로 잽싸게 사라진다

다음 날 일찌감치 수퍼에 가서 끈끈이 쥐덫을 사다

그것들이 다닐만한 길목에 놓아두었는데

서너시간마다 점검하면 덫마다 두어 마리씩 바둥거린다
털도 나지 않은 산 쥐새끼들을 덫과 함께 버리는 기분은
더럽고 징그러워 지금도 생각하면 소름이 좍 돋는다
사나흘 그렇게 하니 더는 잡히지 않았다
모두 열네 마리 털도 안 난 생쥐들을 잡아죽인 것이다
쥐새끼들이 두더지굴에 숙박비도 안 내고
무전숙박하다가 두더지에게 몰살당한 것이다
그렇게 두더지가 쥐새끼들과 잠시 동거를 했는데
밤에 자리에 누우면 쉽게 잠들지 못한다
내가 잠든 동안에 쥐새끼들이 내 몸 위로 얼굴로
혹 기어다니는 것은 아닐까 하는 생각이 들어서.

가을이 되어 찬바람 불고 보름달 떠오르면
가게 뒷편에 앉아 참 많이도 울었다
한국에 계신 부모님 생각 때문이다
돈도 며느리도 딸도 모두 없이
늙으신 노모가 차례상 준비하시는 모습을 상상하면
가슴 저미는 슬픔에 울지 않을 수 없었다
그러나 2009년 추석에는 그러지 않아도 됐다
나의 사정을 알게 된 한국의 은행친구들이
십시일반으로 모아서 사천 불 보내주었기 때문이다

그 돈 받자 마자 오백 불 부모님께 부쳐드렸다
형편이 조금 나아졌다고 거짓말하면서
사실대로 말씀드릴 수는 없었다
지금도 모르신다 그 돈이 어디서 난 돈인지를.

2010년 1월 들어서 항문의 통증이 심했다
대소 배변이 엄청 고통스러웠다
밤에 지인의 도움으로 응급실 갔다가 수술했다
항문에 염증이 생겨 땡땡 부은 것이다
아마도 불규칙하고 부실한 식사가 원인인 듯
절개하고 꿰매고 2박3일 약 48시간
2인용 병실에 나 혼자 덩그마니 누워있었다
보호자는 물론 없었고 대학선배님 내외와
옆에서 식당하는 판쵸와 마리아가 다녀갔다
두 아이에게는 입원 사실을 알렸다
아이들이 아직 어려서 어미가 태워다주지 않으면
올 수 없는 처지였는데 그래도 혹시나 해서 알렸다
그러나 어미가 무시했는지 오지 않았다
유난히 피붙이가 그리운 시간들이었다
비싼 병원비와 가게가 걱정돼 의사가 실밥 뽑고
퇴원해도 된다고 말하자 마자 바로 퇴원하려 했는데

보호자 없이는 퇴원이 안된다 해서
판쿄에게 부탁해 그의 도움으로 겨우 퇴원했다
그리고 판쿄가 자기집으로 나를 데려갔다
그 시간부터 사흘간 판쿄네 집에 머물렀다
4남매 포함해 모두 여섯 식구가 사는 좁은 아파트에
병든 내가 신세를 지게 된 것이다
판쿄네 신세지기가 못내 부담스러워 사흘 뒤
마이홈 가게로 돌아와 기저귀 차고 장사 재개했다
이래 저래 한 일주일 정도 장사 못한 것이다.

수술한 부위가 오물딱조물딱 수축이완기능을 상실해
손님을 마주하고 있는데 변이 기저귀에 톡톡 떨어진다
이 때의 기분을 필설로는 이루 형용할 수 없다
어려서 자다가 오줌을 싸면 처음에는 뜨뜻하다가
이내 차가운 느낌으로 허벅지를 적시며 흐르는데
그러한 느낌보다 몇배 더 당혹스럽다
오줌 지리는 늙은이도 이렇게 난감하지는 않을 것이다
단골손님들이 이제 괜찮냐 하면서 안부를 묻곤 했다
가게문 다시 연 첫날에 아이들 어미가 다녀갔다
병문안차 들른 것이 아니고 양육비 받으러
병치레하느라 많이 초췌한 나의 모습을 보고도

단 한마디의 말도 건넴이 없이
돈 받자 마자 찬바람 일으키며 '쌩' 돌아섰다
'아! 참으로 독한 사람이구나'
내가 바람피워 이혼한 것도
음주도박으로 가정을 내팽개친 것도 아닌데
본인도 이러한 사실을 모두 아는데
십여 년 살을 맞대고 한 이불 속에 살았는데
자기가 그토록 사랑하는 아이들 아비인데.

약 보름 뒤 병원비 청구서가 가게로 날아왔다
4만 5천불 아무리 무보험이지만 비싸도 너무 비싸다
이 날 이후로 미국에 정나미가 똑 떨어졌다
다른 채무는 채권자의 강제집행이 가능하지만
병원비는 강제집행 못하는 것이 이 곳의 법이다
하지만 신용카드 등 다른 부채도 많았기 때문에
모두 묶어서 10만불 법원에 개인파산 신청했다
퇴원한 직후의 일이다 병원비를 제외한 빚은
모두 가게 차리는데 들어간 돈이다
한국에서 은행만 14년 동안 사고치지 않고
얌전히 다닌 내가 미국에 이민와서
이렇게 파산전과자 금융전과자가 된 것이다.

먼 옛날 은행 다닐 때에 친구 성진이가 외쳤다
'아! 빚없는 세상에 살고 싶다'
이렇게 해서 천근만근 짓누르던 빚으로부터
내가 해방이 되었다
대신 크레딧 스코어는 와장창 망가진다
이혼전과기록은 죽을 때까지 따라다니지만
파산전과기록은 10년이 지나면 말소된다
그리고 지금은 근세의 유럽이 아니어서
파산선고를 받더라도 감방까지 가지는 않는다.

당시 뇌리를 떠나지 않던 노래가 하나 있다
천상에 계신이여 굽어보소서
나에게 무슨 일이 일어났는지
아직도 어둠 속에 울고 있나이다.

가난하니 외롭고 쓸쓸하게 고독을 친구삼아
그렇게 한 동안 어렵고 힘들게 살다 보니
지금도 이런 우중충한 것들에 덤덤하다
그렇다고 고독과 쓸쓸함에
적응이 된 것도 면역이 된 것도 아닌데 종종
이것들을 즐기고 있는 나 자신을 발견하곤 한다

아마 중독이 된 듯하다

때거리 걱정하는 극심한 가난에서

이제는 벗어났음에도 불구하고

쓰레기통만 보면 지금도 습관적으로 기웃거린다.

두더지굴 생활이 인간 두더지의 삶이 이제 5년 됐다

나에게 두더지굴 벗어나려는 의지가

인간다운 삶에의 의지가 있는지 의심스럽다

길다면 긴 두더지굴 생활 5년이 나를 그렇게 만들었다.

(10/17/2013)

인생의 역설

부부는 전생에도 맨날 으르렁거리며 싸운 부부였다
그런데 왜 또 부부가 되었을까!

이유는 이렇다
이번에는 싸우지 말고 서로 사랑하며
잘 살아서 전생의 업을 지우라는 뜻
업을 세탁하는 기회인 것이다 그리하면
다음 생에 또 부부의 연을 맺지 않을 것이다

다음 생에 또 부부가 되고 싶지 않거든
이생에서 열심히 사랑해야 하는 것
그렇지 않으면 다음 생에 또 부부로 살아야 한다

나는 이것이 두렵다

천둥치는 소리에 파초는 속이 영글어 간다는데.

(10/09/2016)

버려진 존재

가을걷이 끝나니 들녘이 온통 텅 비었습니다
배고픈 까마귀 하늘을 배회하고
지푸라기 바람에 어지러이 날립니다.

비바람에 채이고 시달리고 찢기우고
너덜너덜한 허수아비 하나
덩그마니 홀로 들판을 지킵니다
가을서리가 몸에 차갑습니다
누구 하나 거들떠보지 아니합니다
모두로부터 버려진 존재가 되었습니다.

생각 많은 허수아비 눈시울 적시며

빈 들녘을 무연하니 바라다봅니다
스산하고 허수한 마음 가슴에 가득합니다.

해 저물고 들에도 가을밤이 깊어갑니다
허수아비가 귀똘귀똘 귀뚜라미 울음을 웁니다.

(10/31/2016)

지옥으로 가는 길

어제와 오늘 이틀에 걸쳐서 시오노 나나미가 엮은
마키아벨리 어록을 읽었다
그의 군주론 정략론 등에 나오는 괜찮은
말들과 그가 쓴 편지에서 발췌한 것들이다
그런데 전체적으로 산만하고
난잡하기도 하다 시시한 내용도 많고
내가 이리 생각하는 이유는 마키아벨리에게
인간에 관한 심오한 통찰이 있을 것으로
기대했는데 그런 게 별로 눈에 뜨이지 않아서다
많은 부분은 구멍가게 물장수에 불과한
나같은 무지렁이도 이미 터득한 것들이다.

마지막 페이지를 옮긴다

천국에 가는 가장 효과적인 방법은

지옥에 가는 길을 잘 아는 것이다

문장이 마땅치 않아 고친다

천국에 가고 싶거든 지옥으로 난 길을 거꾸로 가라.

그리고 그 밑에 다음의 메모가 있다 그대로 옮긴다

2001. 03. 10. 0시 40분. 산본.

이제 내일이면 한국을 떠난다

만년필로 쓴 글씨다

떠나기 전 은행 후배들이 선물로 준 몽블랑 만년필.

다음 날 미국행 비행기를 탔다 그리고 쫄딱 망

책 뒤 간단한 그 메모에는

당시 나의 어떠한 감정도 담겨 있지 않다

희망도 꿈도 아쉬움도 두려움조차도

그러나 지금은 이 메모에 무심할 수 없어

책의 마지막 장을 덮지 못한다

그리고 생각한다 그때 달리 생각했었더라면!

지옥으로 가는 길을 몰랐으니 천국에 가지 못한 것이다.

(11/18/2016)

생각하는 허수아비 초라한 존재

지금으로부터 10년 전 내가 이혼을 했다 아니 이혼을 당했다
바람을 피우지도 주색잡기에 노름에 미치지도 않았는데
그러기는커녕 그런 것들 근처에 얼씬거리지도 않았는데
내가 이혼을 당했다 칼리포니아는 한국과 달라서
한쪽이 이혼을 요구하면 이혼으로 가야한다
거부할 수 없는 것이다 책임의 소재는 따지지 않는다
그렇게 내가 아이들 어미로부터 무참하게 버림을 받았다.

무심해서 잔인한 시간 10년이 흘러간 지금
이제는 두 아이마저 날 버린 듯 하다
지난 8월에 군대간 두 아들이 아비와의 연락을 끊었다
전화나 문자메시지를 보내도 무응답

큰 아이는 전부터 그랬고 이제는 막내마저도 그런다
지난 성탄절에도 엊그제 지난 나의 생일에도 그랬다
전화도 문자메시지도 모두 없었다
전화벨이 울리면 혹 아이들이 아닐까
목소리라도 듣고 싶은 아비의 심정으로
서둘러 받지만 모두 아니었다
내일이 설날이다 "Dad, Happy New Year!" 하는
전화 메시지 물론 오지 않을 것이다
그래도 벨이 울리면 또 서둘러 받을 것이다
파산선고 받고 알거지가 되고 가게에서 숙식을 하면서도
지난 10년간 매월 한번도 거르지 않고 양육비 보냈는데.

아이들 어미는 내 전화 절대 받지 않으니 아이들이 연락을
끊으면 나로서는 그들의 소식을 알 방법이 없다
지난 8월 17일 오크라호마 신병훈련소 입대한 두 아이가
성탄절 전에 전반기 10주 후반기 8주를 모두 마치고
지금은 자대배치 받았을 터인데
아비는 그네들이 어디에 있는지조차 전혀 알지 못한다.

이혼은 피가 섞이지 않은 남남간의 갈라섬이지만
부자지간의 균열은 깨어질 수 없는 천륜에 금이 가는 것

이제는 미국 이 넓은 땅에 피붙이가 있기는 있어도
의지가지 없는 초라한 존재가 되고 말았다
내 인생이 젓됐다는 느낌을 떨쳐버리지 못한다
삭을 대로 삭은 곤쟁이젓이 됐다는 냄새 고약한 느낌.

기분이 착잡하고 더럽고 참담한 느낌마저 들지만
그 동안 불가의 가르침을 조금이나마 공부한 탓에
마음의 평화를 그런대로 유지할 수 있다
일이 나에게 생기지 않았다 나 아니면 모두 남이다 여기자
나 자신이 내 것 아닌 것처럼 그네들 역시 내 것이 아니니
나의 뜻대로 되지 않음을 담담하게 받아들이자
나 또한 그네들이 원하는 아비가 되지 못한 그런 인간 아닌가.

만남도 인연이고 헤어짐도 인연
그럴만한 이유가 있어 그리 된 것이니
이 또한 운명이라 여기자.

若有若無有 彼想皆除滅 如是能見佛 安住於實際
있다고 하거나 있지 않다고 하거나
모습 취하는 생각 모두 없애면
이같은 사람이 부처를 보아

니르바나에 편히 머물게 되리라
'화엄경 수미정상게찬품'에서 빌려온다.

너의 자식은 너의 자식이 아니다
그들은 생명을 갈망하는 생명의 아들 딸이기 때문이다
그들은 너로부터 태어난 것이 아니라
단지 너를 통해 이 세상에 왔을 따름이다
지브란의 시 '신의 활과 화살' 앞구절이다.

시인의 말처럼 두 아이가 내게 속해 있지 않은 것이다
단지 나를 매개로 해서 세상에 왔을 따름이다
그러니 아쉬워도 말고 마음 아파하지도 슬퍼도 말자.

제사 끝나고 길가에 버려진 추구(芻狗) 된 기분마저 드는데
내가 이민온 동기는 한국에 적응 못하는 아이들 어미와
아이들 교육문제 무엇보다도 과외비 댈 자신이 없었다
그간 쌓아온 보잘 것 없는 나의 모든 것을 한국에 떨구고
세 식구를 위해 이민 왔는데 그네들 세 식구가 날 버렸다
이민와서 얻은 것이 있나 남은 것이 있나
아무리 생각을 해봐도 없다 말라비틀어진 몸뚱이 밖에는
이것도 잃었고 저것도 잃었고 온통 잃음투성이

아이들이 아비인 나를 버림은 그네들 탓이 아닐 것이다
같이 산 어미와 지척에 있는 그녀의 친정부모가
아이들의 아비인 나를 무능력하고 무책임한 '죽일 놈'
'개새끼'로 아이들 뇌리에 각인시켰기 때문일 것이다
아이들이 아직 미성년인 지난 10년 동안
두 늙은이의 평소 언행으로 미루어 볼 때 맞을 것
능히 그러고도 남을 사람들이니까 능히 그러고도 남을
그러나 이 또한 내 탓이다
내가 경제적으로 망가지지 않았더라면
이혼이 없었을 것이기 때문에 하는 말이다.

그렇다고해서 나 자신을 원망하지도 자책하지도 말자
내 속만 상하지 않겠나 이미 지난 일인데
마치 아무런 일도 나에게 생기지 않은 것처럼
마치 내 일이 아닌 듯 나 자신을 속이고 또 속이며
내 감정을 다독이고 추스려가며 그래 살다 가자.

인간은 뭔가에 미치면 자신마저 서슴없이 속이는 동물이다
지금의 난 뭔가에 미치지 않고도 나 자신을 속여야 한다
그 만큼 나 자신을 속이기가 힘들다
그래서 인간은 생각하는 허수아비 초라하고 슬픈 존재

'살다보면 좋은 날도 있겠지요' 하는 바램 갖지 않는다
이러나 저러나 인고의 세월도 시간이고 인생 아니겠나.

(12/31/2015)

아이들마저 아비를 버렸다는 내 생각이 잘못된 것이기를
바라면서 지난 1년을 보냈다 그러나 틀리지 않았다
이혼 그것이 내 불행의 전부인 줄 알았는데 아니다
여진이 계속되고 있다 아마도 죽을 때까지 그럴 것이다.

금년 6월에 막내가 페이스북에 포스팅을 했다
하나는 'Chili'에서 알바한다는 것이고
다른 하나는 'UC DAVIS'에 진학했다는 내용이다
혼란스럽다 분명 두놈 다 같은 날 군에 입대했는데
그러나 나름 추측하면 군에 갔다가 계약을 파기하고
민간인으로 돌아와 SAT 다시 응시한 것 같다
부자간에 소통이 없으니 이렇게 추측할 도리밖에 없다
다음 날 페북에 메시지를 남겼다
'UC DAVIS 진학을 축하한다'
'아빠가 축하금 주고 싶으니 만나자' 역시 무응답
8월 18일은 막내의 생일이다

그와 나의 유일한 소통채널인 페북에 축하 메시지
남기고자 수일 전부터 잊지 않으려 신경썼다
아침 출근하자 마자 페북에 들어가 그를 찾았는데 없다
서둘러 친구리스트를 보니 막내가 사라졌다
얼마 전까지만 해도 보였는데 계정을 닫은 것이다
혹시 성을 갈지나 않았는지 불안한 마음으로
막내의 미국 이름에 아이들 어미의 성인 'Kim'으로
찾아보니 그것도 없다
이로써 아이들과의 소통채널이 완전히 끊겼다
두놈이 다 전화번호를 바꾸거나 해지했다 이미
마지막 양육비 준 작년 즉 2015년 8월 10일이
아이들과의 마지막 만남이 되었다
나의 인생에 두 아이마저 사라지고 나 홀로 남았다
아니다 두 아이의 인생에서 내가 내쳐진 것이다.

아이들과 그네들의 어미가 나를 버림도 역시 인연이다
인연이 다한 것이다 그 또한 시절인연인 것이다
인간사 인과율에서 한치의 벗어남도 어긋남도
없다는 것이 나의 확고한 믿음이다
허공을 스쳐 사라지는 바람도 이유가 있는 것처럼
그네들과의 헤어짐도 분명 이유가 있다

그네들이 아비를 버림에 이유가 없을 리 없는 것이다
단지 내가 그것을 알지 못할 뿐.

내가 옳고 그네들이 그르다 생각지 말자
그 반대도 역시 생각지 말자
시비선악의 분별을 떨쳐내야 내 마음이 편하지 않겠나.

일반적으로 아이들이 성장해 대학을 졸업하고 결혼하고
분가하면 부모는 아이들로부터 해방이 된다
나는 그와 다른 사유로 일찍 해방이 됐다
해방은 좋은 것이다 그러나 나의 이런 해방은 달갑지 않다
어떻게 말해야 옳을까! 아마도 '슬픈 해방'이라 하면 되겠지.

개팔자도 상팔자요 무자식도 상팔자라는 말이 있는데
결과적으로 내가 개같은 상팔자 됐다
'산장의 여인'처럼 쓰라린 가슴을 부여안고 행복했던 시절
아이들과 함께했던 과거 추억이나 만지작거리며 살련다
그리고 두 아이가 무탈하기만을 바랄 따름이다
이제는 더 이상 아이들 소식 기다리지 않을 것이다
있지 않은 자식들에게서 소식이 올 리 만무하기 때문이다
옛시인이 노래한다 '세사에 시달려도 번뇌는 별빛이라'

번뇌마저도 별빛이라 여기며 살자

밤마다 잠들기 전에 피우는 하루의 마지막 담배연기에
참으로 가지가지 많은 생각과 얼굴이 나타나고 이내 흩어진다.

(12/31/2016)

잠언

내 마음의 나침반

얻기만 하는 인생도 없고 잃기만 하는 인생도 없다.

인생은 내일을 약속하지 않는다.

인생은 빼앗긴 시간의 연속이다.

점이 모여서 선을 이루고 면이 되듯이
순간이 모이고 쌓여 하루가 되고 인생이 된다.

세상만사 이기고 짐이
지나고 보면 장기판 승부 같은 것.

바램과 욕심은 같은 말이고 행복의 반대말이다.

뭔가에 집착하면 나는 그것의 노예가 된다
왜 노예로 사는가
자유인으로 훨훨 날아야지.

누군가 나에게
'당신은 지금 어디로 가십니까?' 라고 물어온다면
'저도 모릅니다' 라고 답할 밖에요.

인간은
생각하는 허수아비 고독을 느끼는 허수아비.

현재가 과거를 말한다 이것이 인과율이다.

양심에 어긋나게 행동함이 양심을 파는 것이고
스스로를 속이는 것이다.

현재를 긍정하는 삶이 행복하다.

사나흘 굶은 게 아니라면 남에게 신세지는 게 아니다.

앞서 간 생각 붙잡아 오기 어렵다
그러니 생각을 앞세우지 마라.

마음의 절대평화는 영(零)과 같아서
희망(+)과 절망(−)의 딱 중간에 위치한다.

말없음이 마음에 평화를 가져다준다.

나 자신이 '나'라는 존재 자체가
부질없음인데 나머지는 더 말해 무엇하겠나.

인생에서 '生' 그 자체보다 더 무거운 것이 있을까!

세상은 보는 대로 보인다.

시간이 가져간 것은 절대 되돌려 받지 못한다.

과거의 심연보다 더 깊은 늪은 없다.

과거는 돌아갈 수 없는 그리운 고향입니다
시간의 고향이기 때문입니다

사무치게 그리워도 돌아가지 못합니다 영원히.

과거가 현재를 낳고 현재가 미래를 낳는다
따라서 현재는 과거와 미래를 모두 담고 있다.

우리 인간은 과거의 눈으로 현재를 본다.

과거를 백날 되새김질해봐야 현재는 달라지지 않는다.

생각을 바꾸면 세상이 달라진다.

나의 눈으로 남을 재단하지도 세상을 보지도 말자
나의 눈은 이미 내 생각의 색깔로 물이 들었다.

체면이 밥 먹여주지 않는다
자존심도 같다.

지나고 나면 한없이 초라한 것이 인생이다
수의(壽衣) 한장 달랑 걸치고
관 속에 드러누은 망자(亡者)가 증언한다.

양심에 따라 사는 사람은 행복하다
하늘나라가 그의 것이다.

감정에 솔직하지 못하면 그 또한 위선이다.

유머와 위트는 마음의 여유에서 나온다
관용과 베풂도 같다.

남과 나를 비교하지 마라
열등감 아니면 교만과 차별로 이어진다.

차별 있는 곳에 갑과 을이 갈린다.

열등감 많은 인간이 화려한 인생을 좇는다.

실패의 원인과 책임은 언제나 나에게 있다.

너 때문이야 원망하는 마음 내가 괴롭다
내 탓이야 내 마음이 평화롭다.

남 대하기를 나 대하듯 하면

삼세(三世)의 부처가 내게 절을 할 것이다.

마주치는 모든 사람이 나의 거울이다
그네들이 나를 대하는 태도가
거울에 투영된 나의 모습이다.

나의 양심이 내 마음을 비추는 거울이다.

남이 나 알아주기를 바라지 말고
또 내가 남을 알려고도 하지 마라
'너는 너 자신을 아느냐?'

말 많고 말 잘하는 사람이
사기꾼 되기는 쉬워도 '된 인간'이기는 어렵다.

나이를 먹을 수록 말 수를 줄여야 한다
그래야 같은 말 반복하는 실수가 줄어든다.

어설픈 지식으로 아는 척하지 않는다
남들이 비웃는다.

침묵이 때로는 백 마디 말보다 무겁다
빈수레도 움직이지 않으면 빈 수레인 줄 모른다.

나이와 언행을 일치시킨다
그것이 나이값 하는 것이다
전해 들은 말은 절대 옮기지 않는다.

몸은 비록 사람들 속에 섞여 살아도
혀는 사람들과 섞지 말자
이것이 마음에 평화를 가져다 준다.

수다가 실수하는 경우는 있어도
침묵이 실수하는 경우는 없다.

화내지 마라 미워하지도 마라
분노와 증오의 첫번째 피해자는 나 자신이다.

사람이 살아가는데 꼭 필요한 것 둘을 들라면
나는 주저없이 '밥과 마음의 평화' 를 들 것이다.

'다름'과 '그름' 그리고 '하지 않음'과

'하지 못함'을 구분하면 그는 지혜롭다.

후회하는 영혼은 퇴화하고
반성하는 영혼은 진화한다.

양심이 너희를 자유케 하리라
밥상도 너희를 자유케 하리라.

인생에는 완료형이 없다
오직 진행형만이 있을 따름이다.

영혼이 육신의 노예가 되면 인간은 불행하다.

이상과 현실의 괴리는 항상 존재한다
인간의 욕심 때문에 그러하다.

나 자신으로부터 자유로운 인간이
'참 자유인'이다.

바램이 없으면 부족함도 없고 실망도 없다.

욕심이 사람을 가난하게 만든다.

과거의 잘못을 후회하기는 쉽다
그러나 현재의 잘못은 알기조차 어렵다.

남을 알기보다 나 자신을 알기가 더 어렵다
눈이 밖을 향해 있기 때문에 그렇다
그래서 마음의 눈이 필요하다.

인생이 덧없고 부질없는데
한 조각 마음이 부질 있겠나.

말하기보다 듣기를 두배로 하라
그래서 입은 하나 귀는 둘이다
이것이 창조주 하느님의 뜻이다.

배가 불러도 더 먹는 동물은 인간 뿐이다
과식하면 배탈이 난다 인생도 같다.

돼지도 아는 절제의 미덕을 인간은 모른다.

욕심의 노예가 된 동물은 인간 뿐이다
그래서 인간은 슬픈 동물이다.

실망이 쌓이면 절망이 된다
절망과 싸우기보다는
희망을 끼고 사는 편이 쉽다.

'옴'은 우연이고 '감'은 필연이다.

자식이 뜻대로 되지 않음을 원망하지 마라
너 자신은 자식이 원하는 아비가 되었는가?

내가 생각한다 고로 저지른다
모든 행동은 생각에서 출발한다.

고마움을 알고 미안함을 알면
그것이 교양의 전부다.

누가 나에게 떡을 주면
고마움을 열 배로 표시하라
그러면 떡이 또 생긴다.

누군가에게 폐를 끼쳤으면
반드시 미안함을 표시하라
그래야 원망을 사지 않는다.

티끌이 모여서 태산이 되듯이
행동이 하나씩 쌓여서 인격을 형성한다
그리고 그것이 인생을 결정한다.

다 가지려 하면 아무것도 갖지 못한다
이솝우화의 욕심 많은 개처럼.

과거는 기억일 따름이고
미래는 환상이고 현재만이 현실이다.

현명한 자는 부지런한 눈과 귀 그리고
게으른 입을 가졌다.

기다림이 시간의 흐름을 재촉한다.

분수에 맞추어 살되 분수를 키워라.

근검절약 하면 언제나 부족함이 없다.

다름과 그름을 구분해야
인격이 성숙하고 사회가 발전한다.

마음을 비우면 평화가 제 발로 찾아온다.

삶이 단순해야 생각이 단순하고
생각이 단순해야 마음에 평화가 깃든다.

주머니가 가벼우면 머리가 무겁다.

인생은 재미로 사는 게 아니다.

인간은 절대적 빈곤을 벗어나면
상대적 빈곤에 허덕인다.

누군가에게 용서를 구할 수는 있어도
내가 나 자신을 용서하지는 못한다.

열심히 산 인생은 길고 게으른 인생은 짧다.

번뇌의 크기가 클 수록
평화까지의 거리가 멀어진다.

무욕은 평화를 주고 무소유는 자유를 준다.

세상 모든 것이
따면 연기처럼 사라지는 '소돔의 사과'와 같다.

사람은 눈이 있지만 인생에는 눈이 없다
그래서 실수를 한다.

시간 앞에 모든 사람이 평등하다.

죽음은 살았다는 꿈에서 깨어나는 것.

인생의 값은 먹은 밥그릇 숫자에 있지 않다.

나이와 나이값은 비례하지 않는다.

가난한 마음은 마음에 평화를 주고
일용할 양식은 육신에 평화를 준다.

욕망의 노예가 된 자
욕망을 지배하는 자의 노예가 되리라.

복(福)은 타고나는 것이지
인력으로 어찌할 수 있는 것이 아니다
따라서 복 또한 운명이다.

나 자신에게 '미안하다'
적게 말하는 삶을 살다 갈꺼나.

지혜 있는 자는 존경을 받고
베푸는 자는 사랑을 받는다.

시간만큼 낭비하기 쉬운 것도 없다
원가가 없어 그러하다.

배에 기름이 끼면 몸이 병들고
마음에 때가 끼면 영혼이 병든다.

인간의 몸에 필요한 음식과 삶에 필요한 지혜는
사실 몇 가지 되지 않는다.

'평등'은 갖지 못한 자들의 바램일 뿐이다.

헛된 행동은 헛된 생각에서 나온다.

교만이라는 병을 치유하는 데에는
불행의 쓴 잔보다 좋은 약이 없다.

미치지 못함은 아쉬움을 남기지만
지나침은 해로움을 남긴다.

조금 모자란 듯 조금 남기는 여유
그것이 인생이 남기는 여운(餘韻) 아니겠나.

병든 영혼은 살아서도 죽어서도
절대 하늘나라에 들지 못한다.

감정으로 얽힌 문제 이성(理性)으로 풀지 못한다.

남을 속인 죄보다 자신을 속인 죄가 더 무겁다.

인간은 진실에 감동하는 동물이다

거짓에는 속을지언정 절대 감동하지 않는다.

인간동물의 천적은 인간 뿐이다.

남의 눈에 피눈물 나게 하지 마세요
피눈물은 피가 증류된 것이기 때문입니다.

절대평가에서는 만족이 쉽게 나온다
그러나 상대평가에서는
만족이 절대적으로 나오지 않는다.

재물은 수단이지 목적이 아니다
재물이 목적이 되면 인간은 재물의 노예가 된다.

변명은 자기 합리화 책임회피에 불과하다.

옷을 입는 동물은 인간 뿐이다
거짓말하는 동물도 인간 뿐이다.

많이 소유할 수록 자유는 줄어든다.

웅변을 가르치는 학원도 있고
연설을 가르치는 선생도 있다
그러나 침묵을 가르치는 선생과 학원은 없다.

장미의 향에 취하지 마라 잠깐이다
고통의 쓴 잔에 괴로워 마라 그것도 잠깐이다.

거울은 있는 그대로를 보여준다
거짓을 모른다 양심의 거울도 같다.

뱉은 말에 스스로 구속을 받으면
그는 된 인간이다.

인간이 타락하는 원인은
외부에 있지 않고 자신의 생각 안에 있다.

열린 사회는 흥하고 닫힌 사회는 망한다
개인도 마찬가지다.

세상을 속일 수는 있어도
자신의 양심을 속이지는 못한다.

머리와 마음의 갈라진 틈새를 고통이 채운다.

자만하지 마라 고통의 쓴 잔이 너를 기다린다.

중요한 것은 생각의 '속도'가 아니라 '방향'이다.

서둘지 마라 서두름은 화를 부른다
게으르지 않으면 서두를 일도 없다.

염세적 인간은 환경의 지배를 받지만
낙천적 인간은 환경을 이용한다.

가난이 죄는 아닐지라도
남에게 손 벌리는 것은 분명 수치다.

탐욕의 빛깔로 얼룩진 인생보다 추한 것은 없다.

짐승도 눈에 보이는 것은 본다
인간이 짐승과 다르기 위해서는
눈에 보이지 않는 것도 볼 줄 알아야 한다.

인간은 누구나 '과거의 거울'로 현재를 본다.

미래를 위해서 현재를 희생시킴도
현재를 위해서 미래를 희생시킴도
둘 다 옳지 않다.

바람보다 빠른 것이 인간의 마음이다
그래서 초지일관(初志一貫)이 어렵다.

행복은 마음 가난한 사람이 누리는 특권이다.

인간은 자기합리화에 아주 능한 동물이다.

해야 할 일과 해서는 안될 일을 구분하면
그는 지혜로운 사람이다.

마음 가는 곳에 어김없이 욕망이 뒤따른다.

욕망이 이루어지는 곳에
또 다른 욕망이 잉태된다.

의심은 의심받는 사람에게서
명예를 빼앗고 그에게 깊은 상처를 남긴다
따라서 의심은 죄악이다.

의심이 화(禍)를 부른다.

현재는 과거에 뿌리를 두고
미래의 씨앗을 잉태하고 있다.

누군가 나에게 도움을 청하기 전에
그의 마음을 읽고 미리 도움을 주어라
그래야 그의 마음이 상처 받지 않는다.

베풀 수 있을 때 베풀어라
때는 때를 기다리지 않는다.

'고정관념'은 꼰대들의 절친이다.

인간은 누구나 나이를 먹음에 따라
마음의 색안경을 낀다.

행과 불행은 서로 앙숙이라서
같은 곳에 함께 머물지 않는다.

기억은 번뇌의 집 망각은 평화의 집.

나의 성격이 나의 운명을 결정짓는다
이것은 하느님도 어찌하지 못한다.

사탄이 없으면 천사도 없으니까
사탄이 필요하다
그렇다고 해서 내가 사탄이 되지는 말자
나 아니어도 사탄은 얼마든지 많으니까.

빈 지게를 지고 천천히 가자.

무뚝뚝한 얼굴보다 웃는 얼굴을 조심해라
사기꾼은 거짓 웃음에 능하다.

딱딱한 혀보다 부드러운 혀를 조심해라
사기꾼의 혀는 언제나 야들야들하다.

거짓말은 언제나 혀의 몫이다
눈이 거짓말하는 경우는 없다.

내가 남을 판단하면 필연적으로
나는 나의 잣대만을 사용한다.

발등에 불이 떨어지면 누구나 서둔다.

마음의 눈이 먼 자가 진짜 장님이다.

내가 나를 믿지 않으면 남도 나를 믿지 않는다.

과거 속에 현재가 있나니 현재를 원망하지 마세요.

내가 뱉는 말 속에 나의 인격이 딸려 나간다.

마음이 닫혀 있으면
보아도 보지 못하고 들어도 듣지 못한다.

내가 남을 험담하면
나는 스스로 똥 묻은 돼지가 된다.

헤픈 인연은 없느니만 못하고
넓은 오지랖은 근심만 가져온다.

필요와 사치 사이에 금을 긋기는
하늘에 금을 긋는 것 만큼이나 어렵다.

때를 알면 명예가 따르고 모르면 추함이 남는다.

불가항력이 인간을 절망케 하는 것이 아니라
불가항력이라고 생각하는 인간의 마음이
인간을 좌절하게 만든다.

낭비함이 없으면 부족함도 없다
절약이 버는 것이다.

지식은 시간이 지나면 잊혀지지만
지혜는 잊혀지는 것이 아니다.

굶주림은 인간을 동등하게 만든다
배운 놈이나 못 배운 놈이나 같아지기 때문이다.

가슴은 머리와 달리 눈을 달고 있지 않아서
사물에 대한 변별력이 없다.

부정한 인간을 욕하기는 쉬워도
내가 부정하지 않기는 어렵다.

큰 인물은 옳고 그름의 경계를 넘어
숨기는 것이 없는 사람이다.

급하게 사나 천천히 사나
시간의 길이는 달라지지 않는다.

자신의 양심을 속이는 것과
자신의 영혼을 파는 것은 같다.

'답'없이 '바램'만 있는 것이 인생이다.

'바램'이라는 '바람'을 잠재우지 않으면
죽을 때까지 추위에 떨며 살아야 한다.

잠깐의 만족은 있어도 영원한 만족은 없다.

선악의 구분은 이(利)에 있다
나에게 이로우면 선(善)이고 그 반대면 악(惡)이다.

인간이 하루하루 산다는 것은
현실과 조금씩 타협하면서 현실에 길들여지면서
운명에 굴복해가는 과정.

열 개의 고마움보다도
마지막 한개의 서운함이 더 크고 무겁다.

인간이 말할 수 있는 것은 과거와 현재 뿐이다
미래를 이야기한다면 그것은 둘 중 하나다
바램 아니면 거짓말.

인생은 끝이 없는 탐욕과의 투쟁이다.

욕심은 '화(禍)'와 '쟁(爭)'을 부른다.

교만이 남에게 상처 주는 경우는 있어도
겸손이 상처를 주는 경우는 없다.

기다림 안고 살다가 기다림 안고 가는 것
이것이 인생 아닐까!

이상과 현실이 나란히 서 있는 경우는 없다
만약 그런 경우가 있다면 둘 중 하나는 가짜다.

욕심은 인간을 악마로 둔갑시키고
현실은 인간을 인간이게 만든다.

과거를 되새김질하는 동물은 인간 뿐이다.

오늘이 언제나 어제보다 좋은 것이다
오늘 살아 있으니까.

이래도 한세상 저래도 한평생
그래서 인생은 어차피 시간이다 We are Time.

인간이 살아가면서 저지르는 사소한 실수조차도
의미와 제 값을 갖고 있다
그래서 큰 실수는 큰 대가를 치른다.

잘못을 시인하는 인간은 하늘이 두렵지 않다.

맹신자는 눈 뜬 장님이다.

욕망이 클 수록 악마의 유혹에 약하다.

자신의 삶과 신념을 일치시킴은 참으로 어렵다.

다른 사람의 생각을
나의 색깔로 물들이려 하지 마라
그 또한 폭력이다.

생각없이 사는 사람은 행복하다
하늘나라가 그의 것이다.

'감사합니다' 되도록 많이
'미안합니다' 되도록 적게.

비록 가난하게 살지언정 영혼을 팔지는 말아라
가난뱅이보다 부자가 더 쉽게 영혼을 판다.

세상이 나를 중심으로 돌고 있다 착각하지 마라
각자가 모두 세상의 중심이다.

행복 찾기를 단념해라
그러면 행복이 내 것이 되리라.

경험보다 좋은 학교 없고 똑똑한 선생 없다
경험의 학교는 수업료가
있을 수도 있고 없을 수도 있다
있다 해도 망설이지 마라
비싸다 해도 망설이지 마라
졸업 후 그 이상을 너에게 벌어주니까.

책을 통해 배운 것은 쉽게 잊혀지지만
경험이 가르쳐준 것은 오래 간다
그리고 경험이 책보다 많이 안다.

그러니 젊은 날 많은 경험을 쌓아라
그것이 평생 너를 먹여 살릴 것이다.

남을 위해 사는 사람은 부자다

그러나 자신을 돌봄에 소홀하면 그는 가난뱅이다.

인간만이 고민하는 동물이다.

선(善)을 행하면
가장 먼저 이득을 보는 사람이 나 자신이다.

언제 어디서나 선택은 나의 몫이다.

나와 현재는 언제나 일치한다.

내 일만 챙기기에도 인생은 빠듯하다.

신은 인간이 감당하지 못할 시련을 주지 않는다
감당하지 못할 시련은
인간의 상상이 확대 재생산한 것에 불과하다.

인간이 신을 창조하지 않았더라면
인간은 지금보다 훨씬 더 교만할 것이다
그래서 신이 필요하다.

바보만이 미래의 근심과 걱정을
현재로 가불해 온다.
후회하지 마라 이미 지난 일이다.

후회는 나 자신에 대한 짜증이다.

인생에 관하여 정답을 말하고자 하면
입을 닫아야 한다.

악행을 저지르고 양심의 가책을 느꼈다면
그는 이미 대가를 치른 것이다.

열등감 많은 인간이 교만을 떤다
그래서 교만과 열등감은 언제나 같은 집에 산다.

인간의 본성을 억압할 수는 있어도
죽이지는 못한다.

공(空)보다 더 큰 글자는 없다.

변명하는 동물은 인간 뿐이다.

세상만사 인과율에서 한치도 벗어나지 못한다.

누구나 자신의 인생을 사는 것이다.

육신이 옷을 입듯이 자아도 옷을 입는다
자아(自我)가 입는 옷
그것은 인격(人格)이라 불리운다.

인간은 스스로 쳐 놓은 그물 속에
허우적거리고 바둥거리다 가는 가련한 존재.

생각은 느리게 행동은 빠르게.

생각보다 말이 빠르면 실수도 빨리 온다.

흐르는 강물에 발 두 번 담그지 못하듯이
우리네 인생도 같은 시간을 두번 살지 못한다.

시기는 열등감의 또 다른 얼굴이다.

한 인간의 꿈이 재물과 권세에 있다면

그 꿈은 개꿈만도 못하다.

실수는 언제나 후회를 동반한다.

신 앞에 인간은 탁발승 아니면 거지다
뭔가를 달라고 손을 벌리니까.

고독이 인간을 철들게 한다.

시간은 뒤를 돌아 보지 않는데
인간만이 헛되이 뒤를 돌아다 본다.

인생은 어둠의 렌즈를 통해 밝은 곳을 보아야 한다.

욕망은 의지를 낳고 의지는 행동을 낳으며
그것들이 쌓여 자신의 운명을 결정한다. (우파니샤드)

돈 없으면 고향이 타향
돈 있으면 타향도 고향. (아라비안 나이트)

염세주의자의 눈에는 실패가 먼저 보이고

낙관주의자의 눈에는 성공이 미리 보인다.(W. Churchill)

완벽한 슈팅 찬스는 없다.(Wayne Gretzky)

가난하게도 마시고 부유하게도 마시고
그저 먹고 살 만큼만 주옵소서.(아굴의 기도, 구약성서 잠언 30장)

늙어가면서 인간의 영혼은
생각의 빛깔로 물이 든다.(Marcus Aurelius)

오직 벙어리만이 수다쟁이를 부러워한다.(Gibran)

사람은 사물 주변환경에 영향을 받는 게 아니라
그것에 대한 자신의 생각에 영향을 받는 것이다.(Epictetus)

흐르는 강물에 발 두 번 담그지 못한다.(Heracritos)

'공권력(公權力)'이라는 주춧돌 위에
'법치(法治)'라는 기둥이 튼튼해야
'민주주의(民主主義)'라는 집이 바로 선다.

거짓말에 관대한 사회는 절대 선진사회 되지 못한다.

시련을 모르는 사람은 불쌍하다
극복의 기쁨을 알지 못하니까.

Ω 가급적 종교의 말씀이나 선현들의 말씀은 피하고 필자가 생각하고
느낀 것 위주로 적어 보았다. 그러나 그런 말씀들과 내용상 같은
것이 있을 수 있다. 고의적으로 표현만 바꾸어 내 생각인 척하지는
않았다. 출처를 도무지 알 수 없는 것 몇 개가 내 것인 양 슬쩍 끼
워졌다. 알면서 도둑질한 것은 아니고 출처를 기억하지 못해 밝히
지 못했을 뿐이다. 독자들의 양해 구한다.

02

갈잎의 노래

내 인생의 서사시(敍事詩) 2

세상만사 지나고 보면 모두가 꿈이다 어제의 일조차도
짧지 않은 세월 긴 악몽에서 이제야 깨어났다
써놓고 3년이 지난 지금에야 '내 인생의 서사시'를 마무리 한다.

이제야 다시 인간의 모습으로 돌아왔기 때문이다
이제는 더 이상 두더지가 아니기 때문이다
앞서 언급한 모든 것이 죄다 과거가 됐기 때문이다
가게에서의 숙식이 더 이상 내 일이 아니기 때문이다
이제는 가게 주변을 도는 순찰차를 보아도
가슴이 더 이상 오그라들지 않게도 되었기 때문이다
이제는 위에서 아래로 쏟아지는 따스한 물로
샤워를 할 수 있게도 되었기 때문이다
섭씨 40도가 넘는 날도 이제는 전혀 두렵지 않다

이제는 장사 마치고 뒤로 퇴근하지 않는다
가게문을 안에서 잠그지 않고 밖에서 잠근다.

두더지가 어둠을 벗어나 이제야 밝은 세상으로 나왔다
이렇게 내 나이 50대의 대부분을 두더지처럼 살았다
이제 환갑을 두더지굴에서 맞이하지 않게도 되었다
지금 오늘 이사한 아파트에서 잠을 청하고 있다
사실 이사랄 것도 없다 가재도구가 없으니까
세면도구와 삼단요와 침낭과 베개 그리고 옷가지 몇점
퇴근길 차에 싣고 옮겼다 퇴근도 7년 반만에 처음이고
이렇게 해서 '고난의 행군'이 마침내 마침표를 찍었다.

항문수술하고 판초네 신세지던 일 파산선고 받은 일
생쥐 잡아죽이던 일 쓰레기통 뒤지던 일
빨래방에서 빨래 몽땅 도둑맞고 속상해 하던 일
날감자 주워다 삶아 먹던 일 머리 빡빡 밀던 일 등등이
파노라마처럼 뇌리에 스치고 또 스치며 지나간다.

7년 반 전 살던 아파트 나오면서 사무실 직원에게
6개월 뒤에 다시 돌아오겠다고 말했었다
빈말이 아니고 그리 될 것이라고 당시에는 믿었었다

그런데 6개월 하고도 7년이 더 지나서야 겨우
그 때의 그 아파트로 돌아온 것이다
직원도 모두 바뀌었고 월세도 750불로 올랐다
속절없이 흘러간 시간의 길이 만큼 변한 것이다.

오늘을 기다리고 또 기다렸다 생시가 아닌 듯도 싶다
지난 세월 도움 주신 분들 모두 잊지 않을 것이다
그분들 덕에 생사의 갈등을 벗어나 평화를 되찾았다
"천상에 계신이여 이제야 어둠 속을 벗어났나이다."

슬픔 아픔 배고픔 '픔'자로 끝나는 말 치고
좋은 것 단 하나도 없는데
한동안 이 세놈 모두가 찰거머리처럼 내게 착 달라붙어 있었다.

사람마다 다르겠지만 내가 생각하는 인생의 황금기는
40대에서 50대에 걸치는 10년인데
나는 그 10년을 황금이 아니라 버려진 헌 고무신짝처럼 보냈다.

시간이 흐르면 비극조차도 희극인 것이 인생이다
그러나 지난 10년이 희극이 되기에는 시간이 꽤 걸릴 것이다.

(06/01/2016)

프로메테우스의 방화미수

어느 날 프로메테우스가 제우스의 명을 받아
인간과 짐승을 제조하고 많은 세월이 흘렀다

어느 날 제우스가 지상을 순시한 후
인간들에게 크게 실망하여
프로메테우스를 불러 지시하기를

짐승보다 못한 인간들이 너무 많으니
그들의 영혼을 개조하라 하였다

그러나 프로메테우스가 막상 일을 시작하니
생각보다 문제가 훨씬 심각함을 알게 되었다

그 동안 인간들의 영혼이 너무 심하게 타락해
제우스의 명령을 제대로 수행할 자신이 없었다

그래서 프로메테우스가 머리 쓰기를
이왕 일이 이렇게 된 바에야
'하늘의 불'을 훔쳐다
타락한 인간들을 모두 태워 없애 버리기로

그가 훔친 '하늘의 불'로 지상에 불을 지르며
인간들을 태우기 시작하자 마자
제우스가 그의 불 도둑질을 알았다

화가 머리 꼭대기까지 뻗친
제우스는 그를 붙잡아다 발가 벗겨
코카서스산 꼭대기 돌벼랑에 매달아
독수리에게 매일 간을 쪼아 먹히는
중벌에 처하였다

이리하여 아쉽게도
프로메테우스의 방화가 미수에 그치는 바람에
지상에는 타락한 영혼들

인간의 탈을 쓴 짐승들이 아직도 득실거린다.

(07/14/2011)

죄없이 죽은 거지와 까마귀의 대화

파리의 외곽 퐁텐블로 광장에 다섯 명 죄수의 형이 집행되어
다섯 구의 시체가 교수대에 대롱대롱 바람에 흔들리고 있다
해는 뉘엿뉘엿 서산으로 기울고 있다
형 집행인도 구경꾼도 모두 사라지고 없다
스산한 바람에 먼지와 티끌만 어지러이 날리고 있다
서쪽 하늘에 배고픈 까마귀 한 마리 날아와
죽은 죄수들의 머리 위에 앉으며 말을 건넨다

넌 무슨 죄를 지었니
죄수가 답한다
우연히 왕비의 침실을 지나다
보아선 안 될 것을 보았지

그래서 왕비가 내 입을 막으려고 날 죽였어
까마귀가 말한다
너의 두 눈이 죄를 지었구나
까마귀는 그의 두 눈을 파먹었다

까마귀는 두 번째 죄수의 머리에 앉았다
넌 무슨 죄를 지었니
죄수가 답한다
나는 사기치다가 재수가 없어서 잡혔지
까마귀는 죄수의 혀를 쪼아 먹었다

까마귀가 세 번째 죄수의 머리에 앉았다
넌 무슨 죄를 지었니
죄수가 답한다
난 소매치기하다 걸렸어
까마귀는 죄수의 두손을 쪼아 먹었다

까마귀가 네 번째 죄수의 머리에 앉았다
넌 무슨 죄를 지었니
죄수가 답한다
창피해서 내 입으론 말 못해

까마귀는 죄수의 남근을 쪼아 먹었다

까마귀가 마지막 죄수의 머리에 앉았다
내가 네놈 어디를 쪼아 먹어주면 좋겠니

마지막 죄수가 말한다
난 죄를 짓지 않았어 죄 지은 놈은 따로 있는데
그놈이 날 고발해서 내가 이렇게 죽은 거야
며칠 굶었더니 배가 너무 고파
길거리 나가 동냥질을 했지
그런데 이 동네 놈들 모두 스크루지여서
땡전 한푼 주는 놈이 없더군
그러다 밤에 이 도시에서 제일 으리으리한 집
창고에 몰래 들어갔지
거기에는 온갖 금은보화와 맛있는 술 와인
썩어 나자빠지는 치즈 등이 꽉 차 있었어
배가 고파 죽을 지경이었으니까
난 닥치는 대로 먹고 마시다
그만 그곳을 빠져나왔어야 했는데
깜빡 잊고 잠이 들어버렸지
다음 날 아침에 그 집 뚱보놈이

먹다 잠이 든 나를 고발하는 바람에
이렇게 죽어서 목이 매달리는 몸이 된 것이야

까마귀가 말한다
너는 도둑질하다 잡혔으면서
죄가 없다고 거짓말하는구나
죄수가 말한다 그게 아니야
배고파 죽게 된 사람이
음식 훔쳐 먹는 것은 하느님도 용서하셔
그리고 내가 들어간 집은 교회였어
하느님의 집이었지
교회 지하창고에 있는 물건은 모두
나처럼 헐벗고 굶주린 사람들에게 나누어 주라고
하느님께서 거기에 잠시 보관하신 거야
그 뚱보놈 개인 소유가 아니라는 말이지

까마귀야
거지 몸뚱이 쪼아 봐야 뼈밖에 없으니까
저기 저 큰 집 지하창고로 가 보렴
거기 들어가면 치즈 고기 빵 포도주 없는 게 없어
그런데 검은 옷 입고

목에 큰 십자가 걸고 다니는 뚱보놈을 조심해야 돼
그놈에게 걸리면 너도 나처럼 죽어서
교수대에 모가지가 대롱대롱 매달리는 신세가 되지

까마귀가 십자가 첨탑쪽으로 날아 가며 한마디 한다
"알았어 까만 옷 십자가 그 뚱보놈을 조심할게."

(03/30/2012)

게 눈은 사팔뜨기

게 한마리 부지런히 걸어 가는데
이를 본 소라가 말을 건넨다
게야 너는 어디가 앞이니

멍청이 소라야 보면 모르니
눈 달린 쪽이 앞이지

소라가 되묻는다
그러면 왜 앞으로 가지 않고
언제나 옆으로 가니

게가 답한다

걸음걸이가 잘못된 게 아니고
눈이 잘못 달려 있는 거야

그런데 말이다
눈이 잘못 달려 있어도
뻘바닥 돌아 다니는데는
아무 지장이 없단다
왜냐면
게눈은 모두 사팔뜨기니까.

(10/15/2012)

사랑과 미움과 망각 그리고 저주

백석이 최정희에게 보낸 마지막 편지의 일부입니다
(1938년경 쓰여진 것으로 추정)

사람을 사랑하다가 사랑하지 못하게 되는 때
하나는 동무가 되고
하나는 원수가 되는 밖에 더 없다고 하나
이 둘은 모도 다 그대로 사랑하는 것이 되는 것입니다
하나는 관대한 탓이고
하나는 순수하고 정직한 까닭입니다.

오래 전 읽었던 수필에 이런 구절이 있습니다
'세상에서 가장 불행한 여자는 잊혀진 여인'
백석이 둘만 말하고 둘을 빠뜨렸습니다

빠뜨린 첫 번째가 그 수필의 말입니다

동무도 아니고 원수도 아니고

그냥 기억에서 사라지는 경우

더 이상 사랑하는 감정도 미워하는 감정도

한점 미련조차 없는 잊혀진 상태.

사랑과 미움이 같은 말인 줄도 압니다

백석의 말처럼

둘 다 모두 그대로 사랑하는 것임을 압니다.

백석이 빠뜨린 두 번째는 저주하는 경우입니다

미움과 저주는 다릅니다

지독한 미움이 저주여서

그것이 지독한 사랑이 되는 것은 아닙니다.

그 수필집을 소에게 주었습니다

25년이 지난 지금도 그녀는 간직하고 있을 것입니다

최정희가 백석의 이 편지를 죽을 때까지 간직했듯이.

(11/16/2012)

* 최정희는 파인 김동환의 부인. 쌍방 재혼. 백석의 편지를 평생 간직
  했음.

내 고향 경기남도 그 곳에는

검푸른 서해바다가 지평선 저 멀리 바라다 보이는 곳
아산만 건너면 충청남도 당진땅 공세리
숭어와 망둥이가 숨바꼭질 헤엄을 치고
가끔은 돌고래가 등짝을 보이고
빨간 나문쟁이가 뻘밭에 지천으로 널려있고
갈매기가 죽은 물고기 입에 물고 쌈질도 하는
내 고향은 예전에 그런 곳이었습니다.

달 밝은 밤이면 별들이 하늘에 재잘거리고
게들도 뻘바닥에 옹기종기 모여 앉아
별들의 수다에 화답을 하고
그래서 하늘과 바다가 하나가 되는

내 고향은 예전에 그런 곳이었습니다.

뒷동산에는 뻐꾸기가 뻐꾹뻐꾹
장끼와 까투리도 꺼엉꺼엉 울음을 울고
뜸부기가 논에다 알을 까고
여우가 애기무덤 찾아 산과 들을 배회하고
개구리가 웅덩이로 퐁당 자맥질하면
수풀 속 율무기도 스르르 사라지는
내 고향은 예전에 그런 곳이었습니다.

올망졸망한 초가지붕과 빨간 고추잠자리도
이제는 모두 보이지 않습니다
발가벗고 같이 물장구치던 얼라들도
이제는 모두 어디 갔는지 나는 알지 못합니다.

그 곳에 아직도 내 고향이 있습니까
그래도 그 곳이 죽기 전 잊지 못할 내 고향입니다.

(05/08/2013)

'이(利)'의 나침반

햇빛을 풍부하게 받아야 광합성을 활발하게 할 수 있고
그래야 죽지 않고 살 수 있으니까
햇빛이 오는 곳에 해바라기의 이(利)가 있으니까
해바라기의 얼굴은 언제나 해를 향하고 있습니다
권력의 주변에 어지러이 날아드는 쇠파리들도
역시 利가 있는 곳을 향해
후안무치(厚顔無恥)한 앵글을 정신없이 돌려대는
해바라기에 다름 아닙니다.

선과 악에는 절대선도 절대악도 존재하지 않습니다
나의 선이 상대방에게는 악이 됩니다
상대방의 선이 나에게는 악이 됩니다

입장이 바뀌면 선과 악도 뒤바뀝니다
안중근의사의 이등박문 저격이 우리에게는 선이고
저들에게는 악인 이유가 그것입니다
살인은 악이지만 전쟁터에서의 살인은 선입니다
선악에는 절대치가 존재하지 않아 그러합니다.

맹자는 타고난 인간의 본성이 선하다 했고
순자는 악하다 했습니다
둘 다 이분법논리에 빠져 우를 범하고 있습니다
인간은 두가지 성품을 모두 갖고 있습니다
천사와 악마가 같은 집에 동거합니다
그래서 100% 악하기만 한 인간도
100% 선하기만 한 인간도 존재하지 않습니다
상대적으로 악이 크게 자리하면 악인이고
선이 크면 그는 착한 사람이 되는 것입니다.

따라서 맹자의 말도 순자의 말도 다 틀립니다
오묘하고 변화무쌍하고 바람보다 빠른
인간의 마음을 두부 자르듯 일률적으로
착하다 악하다 말하는 것이 잘못이라는 말입니다
옥편에도 '心'部에 속하는 글자가 아주 많습니다

그 만큼 인간의 마음은 헤아리기 어려운 것입니다.

'성(性)'이라는 한자를 파자하면 '心'과 '生'이 됩니다
즉 살아 움직이는 마음이 '性'인 것입니다
그래서 性은 선과 악 어느 한곳에 오래 머물지 않고
둘 사이를 부지런히 뻔질나게 오고 갑니다.

단순 이분법에 충실한 맹자 순자의 말보다는 오히려
J. Locke와 고불해의 견해가 진실에 가깝습니다
Locke는 인간의 본성이 '하얀 종이'와 같다 했고
고불해는 '생지위성(生之謂性) 생겨난 그대로가 性'
이라 했습니다. 중간도 없고 양변의 대립도 없다
하면서 이분법을 배격하고 '중도(中道)'를 취하는
불가의 생각도 유사합니다
불가에서는 본성이 선하다 악하다 말하지 않습니다
오직 '자성청정(自性淸淨)'만을 말합니다
하느님도 선한 사람에게나 악한 사람에게나
차별없이 똑같이 비를 내려주신다 했습니다
하느님의 눈에는 시비선악의 분별이 없습니다.

개눈에는 왜 똥만 보입니까

똥 속에 개의 利가 있기 때문입니다
인간들도 모두 마찬가지입니다
나의 利가 있는 곳에
몸과 마음이 쿵쿵거리게 돼 있습니다
공산주의가 실패한 원인도 利에 있습니다
인간의 본성인 利를 무시했기 때문입니다.

종교생활도 결국 그러합니다
믿어야 살아서 복을 받고 죽어서 천당간다는
아니면 적어도 마음의 평화만이라도 얻겠다는
자신의 利를 위해 열심히 신앙생활을 합니다
무엇을 믿습니까 利가 있음을 믿는 것입니다.

'해바라기 인간'이 인간 본래의 모습입니다
利 지향이 인간의 본성입니다
이것 때문에 인간은 쌈박질합니다
利의 충돌이 인간의
질시와 반목과 투쟁으로 이어집니다.

나의 利는 선이고 그 반대는 악이다 하며
선과 악의 두 얼굴을 가진 야누스의 잣대를 들고

피가 터지도록 쌈질하다 날이 새는 줄도 모릅니다
이 또한 인간동물의 자연스런 모습입니다
인간 양서류 역시 체 본성에 충실한 인간입니다.

인간은 누구나 자신의 나침반을 갖고 있습니다
그 나침반의 바늘끝이
부지런히 쉴새없이 어지럽게 움직입니다
그러나 언제나 한 곳만을 가리킵니다
체의 방향이 그 곳입니다.

의리와 명분과 사랑도
체 앞에서는 모두 힘을 쓰지 못합니다
의리 즉 신(信)과 체가 싸우면 체가 이깁니다
이 경우 체의 승리를 배신(背信)이라 합니다
배신은 체를 위해 메피스토펠레스에게
자신의 영혼을 판 파우스트가 되는 것입니다.

말과 행동이 다른 인간을 표리부동(表裏不同)하다
겉과 속이 다르다 욕하지 맙시다
타인의 눈에 그렇게 보일 뿐입니다
그의 속마음은 언제나 같습니다

利를 좇는 그의 속은 언제나 변함이 없습니다.

옛 시조를 보면 주로 벼슬 한자리 하다가
이런 저런 이유로 퇴출돼 낙향한 선비들의 작품이
많지만 내용은 거의 다 같습니다
임금을 향한 '일편단심'이 그것입니다
그것은 利를 탐하는 단심에 불과합니다
임금이 다시 불러 한자리 주기를 바라는
욕심에 다름 아닙니다 아니 그렇습니까!

信에 집착해 의리를 지키는 사람은
자신의 利를 멀리 보는 사람입니다
그것이 자신의 利인 것입니다
信에 바로 등 돌리는 사람은
목전의 利를 탐하는 사람입니다
둘 다 利를 탐(貪)함은 같습니다
이것이 우리네 인간의 발가벗은 자화상입니다.

아전인수(我田引水)에 바쁜 이기적(利己的) 인간이
인간의 참 모습이고 이른바 이타적(利他的) 인간은
利他의 가면 뒤에 利己를 숨긴 위선자에 불과합니다

위선이 배신보다 교활하고 음흉하고 가증스럽습니다.

고대 그리스의 철학자 아리스토텔레스가 말합니다
'A man behaves in his own interest'
(인간은 자신의 이를 따라 행동한다)
  'Nicomachean Ethics(part 5)'에서 하는 말입니다.

사람은 누구나 뱀을 보면 놀라 피합니다
누에 역시 징그러워 만지려 하지 않습니다
그러나 땅꾼은 뱀을 맨손으로 움켜쥐고
누에 치는 아낙 역시 누에를 맨손으로 만집니다
뱀과 누에에 그들의 利가 있기 때문입니다
뱀이 돈이고 누에가 돈이기 때문입니다
'한비자'에 나오는 말입니다 그가 또 말합니다
사람을 움직이게 하는 동기는
애정도 동정심도 아니다
의리도 인정도 물론 아니다
오로지 이익을 좇아 움직일 따름이다.

이제 횡설수설을 멈추고 결론을 말합니다
인간은 이성을 가진 존재라 말들 합니다

만물의 영장이라고도 합니다
그러나 인간의 이성은 나만의 利로 가득합니다
그래서 인간은 이기적 동물에 다름 아닙니다
그래서 인간동물은 만물의 말종입니다
배가 불러도 더 먹는 동물은 인간동물 뿐입니다.

인간의 本性은 善 惡에 있지 않고 利에 있습니다
언제나 利를 지향함이 인간의 본 마음 本性입니다.

(02/12/2014)

시인의 해학

금년 3월도 중순에 접어드는데 봄비가 추적추적 내린다
가을비는 차갑고 우울하고 을씨년스럽지만
봄에 내리는 봄비는 새 생명을 움틔우는 파란 빗물이다
가을에 내리는 밤비는 아리운 운치가 있고
봄에 내리는 밤비도 나름 운치가 있다
낮에는 주룩주룩 비 떨어지는 소리가 들리지 않지만
밤에는 또렷하게 들린다 사위가 고요하니 당연하다
오늘 밤에도 잠이 오지 않으면 창가에 앉아
하얗게 비치며 떨어지는 밤비 멍하니 바라보면서
그리운 사람 생각도 하고 엄마 생각도 하다 잠이 들 것이다.

시인의 고매한 이미지에서 일탈한 수필 한조각 소개한다

…(중략)

남성용 피임구도 그렇다 '사꾸'나 '콘돔'같은 무슨 딴 말을
굳이 만들 까닭이 없다 영국의 속어에 '불란서 투구'라
하는 것은 자못 운치가 있다 이건 좀 외설하지만 이른바
'씩스 나인'이란 것 이것은 우리나라에도 있었던 모양이다
'퉁소불고 전복따기'란 말이 있는 것을 보면 말이다
우리 민족의 유머족으로서의 관록이 당당하다
그 표현이 얼마나 풍류적인가 하하.

(61/06/25, 민족일보)

위의 글은 조지훈의 수필 '속어잡감'의 마지막 몇 줄이다
그런데 콘돔 등의 외래어를 굳이 만들 까닭이 없다 하면서
적절한 우리말을 제시하지 않고 있다 시인의 불찰이다
그냥 순 우리말로 '지골무'라 하면 됐을 것인데
또 '퉁소불고 전복따기'란 말이 전래되는 우리말인 양
말하고 있지만 그게 아닐 것이다.

기생들도 함께한 동료 시인들과의 거나한 술자리에서
누군가가 늘어놓은 걸쭉한 음담패설을 옮겼거나 아니면
본인이 직접 만든 말이라는 의구심을 떨쳐버릴 수 없다
그의 수필 수십편을 읽고 내리는 내 나름의 판단이다

시인도 세상의 비난이 조금 신경쓰였을 것이다

어찌되었든 그 표현 만큼은 시인의 말처럼 풍류 넘치고

기가 막히고 절묘하기가 그 짝을 찾을 수 없지 않은가 하하.

(03/11/2016)

비 그치니

두메 산골 파란하늘 먹구름 몰려들더니
이내 소나기 쏟아진다.

비 그치니 풀잎에 자벌레
길게 기지개 켠다.

떠도는 행각승 휘적휘적 산모퉁이 돌아
이내 종적을 감춘다.

(03/21/2016)

버섯 따기

소낙비 그치고 날이 개이면 할머니 따라 뒷산 솔밭에
버섯 따러 갔었다
나무 등걸에도 둥치에도 풀포기 사이에도
싱그런 버섯이 함초롬히 틈새를 비집고 나와 있었다
여기에도 뽀록 저기에도 뽀록 뽀로록
고무신에 맑은 물이 가득 고이고
더러는 뱀이 버섯 사이로 사라지곤 했었다

버섯 따고 고사리 뜯으러 산에 갔다가
땅꾼에게 겁탈당한 동네처자가 가시덤불 속
주검으로 발견됐다는 이야기는 참 무서웠다

퇴미산 자락에 잠드신 할머니 외로운 무덤가에도
여름에 소낙비 그치면 송이와 느타리가 돋아날 것이다.

(03/25/2016)

무녀(巫女)

북소리와 장구소리와 피리소리가 한데 어우러져
춤사위 허공을 가른다
하얀 버선발이 하늘을 차고 땅을 구르고

푸닥거리 진오귀굿에 잘 살라 재수굿
물귀신 되지 말라고 용왕님께 해신제
쌍칼 휘두르며 시퍼런 작두타고 덩덩 덩더쿵

무당이라 천한 것 괄시하지 마이소
시베리아 만주로 반도거쳐 열도까지
모두 무당천지 아니었능교

이승에 떨군 미련이 무거워 저승가지 못한 넋
구천을 떠도는 처녀귀신 총각귀신
얼르고 달래서 저승길 곱게 보내주는데

망자여! 일곱구멍 칠성판 타고 하늘을 날아
북두칠성 별나라 이쁜나라 사시라
칠성각에 엎드려 합장하고 비나이다

무탈하니 오래 살라 산자의 복도 빌어주고
죽은 망자의 넋마저 어루만져주는데
한 서린 무녀의 이 가슴 정작 누가 풀어줄 거요.

(03/29/2016)

내가 죽기 전 당신에게 해야 할 말은

아주 오래 전 우리가 워커힐 커피숍에서 만났을 때
그 때가 몇 년 전이었는지
이제 기억이 가물가물합니다
6월 들어서자 마자 심한 감기 몸살을 앓아
얄팍한 총기마저 무디어져 그럴지도 모릅니다
십 년은 훌쩍 넘긴 세월이란 것 밖에는
그리고 그 때의 만남이 마지막이란 것입니다
이제까지는 그렇습니다.

그 때 당신이 얼마 전 모 대학 졸업했다고
말씀하셨지요
생각 짧고 얕은 놈이 귀담아 듣지 않았습니다

그냥 그 말을 무시했습니다
미안합니다 후회하고 또 후회합니다.

약 30년 전 내가 당신의 프로포즈를
무시한 이유가 당신이 대졸이 아니라는 점
그리고 이런 치졸한 나의 생각을
당신도 아시기 때문에
때가 지나도 한참이 지난 그 시점에서
대학 졸업했다는 사실을 말한 것입니다
이제야 겨우 깨닫습니다 늦어도 너무 늦었지요.

내가 죽기 전 당신에게 하고픈 말은
사랑 어쩌구 하는 진부한 말이 아닙니다
'대학졸업을 축하합니다 무얼 전공하셨는지요?'
계절이 바뀌고 또 몇번이나 더 바뀌어야
철 지난 이 말을 당신에게 할 수 있을런지요
시간이 오가는 길목마다 서성이고 또 서성입니다.

(06/14/2016)

가을 잠자리

하늘하늘 가녀린 두 날개 바람결에 맡기우고
가을 하늘을 살며시 납니다 소리도 없이
그저 바람이 부는 대로 흐르는 대로
잠자리는 몸도 마음도 가벼워 그렇습니다.

하늘을 나는 선녀의 옷처럼
살랑거리는 잠자리의 날갯짓
길가에 색색으로 핀 코스모스
둘이 어울려 듀엣으로 가을을 연출합니다.

잠자리는 맑은 이슬을 먹고 삽니다
그래서 잠자리의 몸과 마음은

언제나 맑고 깨끗합니다
그래서 잠자리는 하늘을 유유자적합니다.

인간은 게걸스럽기가 짝을 찾지 못합니다
무엇이든지 닥치는 대로 죄다 먹습니다
쥐약까지도 알고도 먹고 모르고도 먹고
그래서 인간은 잠자리처럼 날지 못합니다.

조금 지나면 낙엽이 지고 시월이 갑니다
개울물도 차갑게 흐르겠습니다
낙엽 떨어지는 소리는 시간이 흐르는 소리
그것이 차갑게 떨어지는 내 마음인 줄도 압니다.

(10/01/2016)

시간의 고향

무연하니 비 내리는 밤하늘을 응시합니다
그러다가 뭔가를 뚫어지게 바라봅니다
허공은 아무 것도 없는 빈 공간입니다
그러나 내가 지금 바라보는 허공은
비어 있지 아니합니다
꽉찬 시간이고 공간입니다

그곳에 나의 과거가 가득합니다
거기에 보고픈 사람이 있습니다
동그란 미소를 짓기도 합니다
보고 싶지 않은 사람도 있습니다
그의 얼굴은 일그러져 있습니다

자화상입니다
과거는 돌아가지 못할 시간의 고향입니다

그곳에 환희의 날들은 희미합니다
아픔의 날들은 선명합니다
이것들이 서로 뒤바뀌면 좋을 것인데요
크기와 모양이 달라서 그리 되지 못합니다.

(01/23/2017)

오가는 세월의 마디마다

젊어서는 내가 고등학교를 갓 졸업했을 그 무렵에
중년의 아주머니가 나를
아저씨라 부르면 기분이 좋았습니다
그 때는 세월의 더디감이 원망스러웠지요

그로부터 어느덧 40년이 흐른 지금
다시금 누군가가 나를
아저씨라 부르면 기분이 좋습니다
인생의 끝물에 접어들었다는 반증입니다
조금 더 세월이 흐르면
그 세월은 아주 잠깐일 것입니다
조금 더 세월이 흐르면

어느 누구도 나를 '아저씨'라
부르지 않을 것입니다
간혹 모르는 할머니가 그럴지는 몰라도

이 때가 되면 머리에 흰서리 차가운 황혼입니다
어깨는 세월의 무게에 짓눌려 축 쳐지고
온몸에 고랑과 이랑이 어지럽게 교차하고
궁뎅이는 온데 간데 없어 민민하고
관절마다 삐그덕 소리가 서럽겠습니다

오가는 세월의 마디마디에 이슬이 맺혀 있습니다
증류된 피가 눈물입니다
눈물이 차갑게 식어 이슬이 됩니다

오는 세월 반갑다 마세요
오는 세월이 가는 세월이니 반가울 까닭이 있겠나요.

(02/04/2017)

비온 뒤

떨어지는 빗방울에 놀란 여치 깡총 도망을 친다
자벌레 등짝 구부려 기지개 켠다
뽕잎에 무당벌레 빗물에 반짝인다

산비둘기 골짜기로 날고 물방개는 헤엄을 친다.

(02/10/2017)

무덤가에도 봄이 오는데

아지랭이가 지평선에 멀리 어지럽게 아른거리고
새움이 트는 나뭇가지에 새들이 시끄럽습니다
성질 급한 나무들은 벌써 꽃을 피웠습니다
벗나무에 연분홍꽃이 가득하고
또 어떤 나무는 하얗게 소복 단장하였습니다

저 멀리 아산만 바다와 갯뻘에 나문쟁이가
보일 것도 같은 나즈막한 산자락에
버려진 무덤들이 엎어놓은 사발처럼
사이 좋게 옹기종기 여럿 누워있습니다
상석도 비석도 없이
그래서 망자들의 집이 평등하고

망자들이 죽어서는 모두 평등해졌습니다
살아서는 평등하지 못해 서러웠을 것입니다

명절에 찾는 이도 벌초하는 이도 없는
버려진 무덤가 공동묘지에도
계절이 바뀌어 겨울이 가고 봄이 오니
봄볕이 나른하니 따사합니다
해골들이 입 벌려 길게 하품 할 것도 같습니다

버려진 무덤가에도 어김없이 봄이 찾아오는데
뒷산에 내 할머니 외로운 무덤가에도
어김없이 봄이 찾아들 것인데
10년이 넘도록 그렇게 봄이 또 오고 가는데
할머니는 지금도 나를 기다리십니다
초코파이 사 들고 찾아올 손자를 기다리십니다.

(02/27/2017)

소복

누가 옆에서 따귀를 냅다 갈겨도 모를 만큼
칠흑같이 어둔 밤에
삼십촉 전등 쇠리쇠리한 불빛에
소복차림으로 부지런히 오가던 한 사람을
나는 아직도 기억에서 지워내지 못합니다.

(02/27/2017)

해풍에 실려가는 것은

세월이 무심하니 흘러가고 또 흘러갑니다
잔인한 시간이 나를 과거로 밀어냅니다
어제의 일이 아득히 먼 과거 같습니다
전생의 일 같기도 합니다

그런가 하면 먼 과거의 일이
어제같이 또렷합니다 까마득한 과거가

이것은 상처로 얼룩진 아픔입니다
기억하고 싶지 않을 수록
망각의 강물에 던져버리고 싶을 수록
시간의 강을 거슬러

달겨들고 또 달겨듭니다
찰거머리처럼 떨어지지 아니합니다
가끔은 꿈에서조차 달겨듭니다

이것들은 추억이라 불리우지 않습니다
아련히 아름다워야 추억이 됩니다

기억을 더듬고 헤집습니다
추억거리를 찾고 또 찾습니다
아주 없지는 않지만
찰거머리들에 비하면 보잘 것 없습니다
그래도 이것이나마 있어 내가 삽니다
어루만지고 더듬고 쓰다듬습니다
떠날 때 가슴에 안고 갈 것입니다

미역이 다시마가 굴껍질이 해풍에 소들소들 말라갑니다
이내 부서지고 흩어져 바람결에 실려갑니다.

(03/01/2017)

부는 바람조차도

콩 심은 데 콩 나고 팥 심은 데 팥 난다 는 말이나
뿌린 대로 거둔다 는 말이나
아니 땐 굴뚝에 연기 날 리 없다 는 말이나
인과율 인과응보
Causality, The law of causation, causa sui
이것들이 모두 같은 말입니다
한 글자로 줄이면 업(業)이 됩니다
인간사 여기에서 단 한치도 벗어나지 못합니다.

한 많은 이 세상 어쩌구 하지 맙시다
원망이 쌓이고 쌓여 한이 됩니다
원망은 남과 세상과 운명을 탓하는 마음입니다

원망이 없으면 한도 생겨나지 않습니다.

나에게 일어난 그 어떤 불행한 일도
나 스스로 자초한 것입니다
모두 자업자득이라는 말입니다
남을 탓할 일이 아니라는 말입니다
남을 탓하면 비겁한 책임전가가 됩니다.

내 탓이오 내 탓이오 나의 큰 탓이옵니다
라고 해야 지혜롭고 슬기로운 사람이 됩니다
그리고 이것이 내 마음에 평화를 안겨줍니다
그래야 세상에 싸움과 갈등과 반목과 질시가
따스한 봄바람에 눈 녹듯 사라지고
온세상 온누리에 평화의 파란꽃이 만발합니다.

무연한 듯 불어오는 바람도 이유있어 부는 것입니다.

(03/10/2017)

물질하는 처녀

먼 바닷가에 물질하는 처녀가 하나이 있었습니다
물소중이 입고 얼굴에 왕눈 쓰고 자맥질합니다
미역따고 올라와 테왁을 껴안습니다
파란하늘 올려다보며 숨을 고릅니다
호오잇! 숨비소리가 파도에 흩어집니다
육지 쪽을 바라다 봅니다
거기에는 그리워하는 사람이 있습니다

해초 사이 숨어 있는 문어와 소라와 성게를
까꾸리로 나꿔챕니다
빗창 잡고 힘차게 또 자맥질 합니다
이번에는 전복 몇개를 땁니다

다 따지는 않습니다
깊은물 돌틈 사이 하나는 남겨둡니다
그것의 임자가 아직 뭍에 있기 때문입니다

일기가 불순해 바람 세차고 파도가 높습니다
편지가 왔습니다
총각이 온다고 기별이 왔습니다
처녀는 이제 때가 되었다 생각하고
남겨둔 그놈을 따러 바다에 나갑니다
빗창을 꼬옥 움켜 쥐고서 자맥질합니다

바람이 잦아들고 바다가 다시 잔잔합니다
파란 하늘에 갈매기 짝지어 납니다
임자 잃은 테왁망사리 하나 빈 바다를 떠돕니다.

(04/02/2017)

인연이 아직 다하지 않았기를

생각을 하면서도 하면서도 만날 수 없는 그 사람을
내가 압니다 시간이 속절없이 흐릅니다

파란 하늘과 대지에 바람이 하얗게 붑니다
나무마다 초록빛 이파리 가득합니다
빨간꽃 노란꽃 이제는 보이지 아니합니다
시절 따라 오가기 때문에 그러합니다
인연이 있어 왔다가 그것이 다해 갔습니다
그것이 다시 오면 그네들도 다시 올 것입니다

학생시절 억지로 머리에 구겨넣었던
전공서적을 이제금 다시 읽습니다

세월이 많이 흘렀어도 적지 않게 기억합니다
젊은 날의 기억이어서 그럴 것입니다

다시 공부하기에는 철지난 늙은 나이에
전공이었던 국제법 교과서를 읽습니다
은사인 벽파 김정건 교수님의 책입니다
버지니아에 사시던 2004년에 개정판 내시고
당신의 육필 몇자와 함께 보내주신 겁니다
'공석영이의 행복을 빌면서'
아마도 당신의 마지막 개정판일 것입니다

작년 2월 13일 이후 연락이 끊겼습니다
마지막 통화내용은
당신이 스트로크를 맞으셔서 보름간 의식없이
병원에 계셨다는
그 후로 연락이 두절됐습니다

몇달 지나고 나서 때 늦은 전화드리니
받지도 않으시고 no return call
나의 불찰과 생각 짧음과 태만과 게으름과
무관심과 배은망덕 탓에 그리 되었습니다

내가 생각이 조금이라도 있는 인간이라면
나이값을 조금이라도 하는 인간이라면
더 자주 전화드렸어야 했습니다
에구! 덜난 것아 나이는 어디로 먹었니
교수님께서 꾸중을 하시는 듯도 합니다
그저 먹먹한 가슴을 쥐어뜯을 밖에요
전화는 끊겼고 이멜을 보내도 답이 없으니
아마 돌아가신 듯합니다
아니면 치매에 걸리신 사모님과 함께
요양원 같은 곳에 계실지도 모릅니다
그렇게라도 아직 살아만 계시기를
간절한 마음으로 바라고 또 바랍니다

과거의 잘못을 후회하기는 쉽습니다
그러나 현재의 잘못은 알기조차 어렵습니다
새삼 되새깁니다

내가 드디어 홈리스 벗어났음을 아시면
이제는 먹고 살만해졌음을 아시면
석영아 용타 용타 하시면서
세상 어느 누구보다도 기뻐하셨을 것인데요

버지니아에 사실 때 몇번 말씀하셨습니다
석영아 보고싶으니 한번 다녀가라
아직은 좀 어렵습니다
조금만 더 나아지면 찾아 뵙겠습니다
지금 돌이켜 생각하니 거짓이었습니다
그때는 삶이 워낙 팍팍해서 그랬습니다
구멍가게 한 사나흘 문 닫는다고
굶어 죽는 것 아니었는데 말입니다

그것이 마지막인 줄 서로가 알면서
헤어지는 이별은 그나마 행복한 이별입니다

밥 먹고 할 일이 없어 공부하는 것은 아닙니다
내심 뜻하는 바가 있어 그렇습니다
시간은 누구에게나 공평합니다
가진 자에게 길고 없는 자에게 짧지 않습니다
시간의 가치 또한 언제나 같습니다
'일촌광음 불가경(一寸光陰 不可輕)'
젊은이에게만 해당되는 말이 아닙니다
늙은이에게도 죽는 날까지 시간은 소중합니다

책장을 넘기다 보니 오늘따라 유난히
교수님 당신의 얼굴이 책갈피에 피어납니다
사무치게 피어 오릅니다
뵙고 싶습니다 교수님
목소리 듣고 싶습니다 교수님

사람은 시간을 기다립니다
그러나 시간은 사람을 기다려주지 않습니다.

(05/31/2017)

만남이 있어 헤어집니다

어제 대학동문인 김 변호사에게서 충남대 이 교수님의
전화번호를 받아 바로 전화드리니
작년 5월 5일에 돌아가셨다 하신다
돌아가시고 1년하고도 한 달이 지나서야
알게 된 것이다 하늘이 무너졌다.

사랑하고 존경하는 교수님이 이제는 이 세상에
계시지 아니합니다
이 엄연한 사실을 내가 어찌 받아들여야 합니까
아직도 지금도 텍사스의 어느 한적한 도시에
사모님 병수발에 힘들어 하시면서
잠시 짬을 내 담배 한대 태우실 것도 같은데요.

'석영아 이건 사람 사는 게 아니고 전쟁이야 전쟁'
'그래도 내 마누란데 죽이겠니 살리겠니 어쩌겠니'
한번 더 나에게 말씀하실 듯도 합니다.

회자정리인 것이라 만나면 반드시 헤어집니다
그래서 교수님이 가셨습니다
다시는 돌아오지 못할 곳으로 영영 가셨습니다
불귀의 객이 되셨습니다
어찌 이리도 허망하게 떠나셨습니까
그러나 교수님은 가시지 않으셨습니다
교수님을 보내 드릴 수 없기 때문입니다.

돌아가시고 이 세상 떠나시는 모습 보지 못한 것이
마음 아프기는 하지만 가장 아픈 일은 아닙니다
나의 마음이 한없이 쓰리고 아프고 먹먹한 것은
교수님 살아계실 때 한번 찾아뵙지 못한 것입니다
스트로크 맞으셨다고 말씀하신 작년 2월 13일 이후
바로 찾아 뵈었더라면
나의 마음이 이렇게 고통스럽지는 않을 것인데요
이 못된 놈이 죄값을 어떻게 치뤄야 합니까.

나는 천당과 지옥이 있음을 믿지 않습니다
그러나 이제는 믿고 싶습니다
믿으려 합니다
왜냐구요?
교수님께서 하늘나라 천국에 계셔야 하기 때문입니다.

셀폰 703.307.9098을 더는 누르지 못하게 됐습니다
교수님의 이메일 jgk0719@yahoo.com과 aol.com
이것이 이제는 빈집 주소가 됐습니다
그저 교수님 태어나신 날짜만을 말없이 말해줍니다.

웃음과 눈물 사이를 흐르는 바람이 인생이겠습니다
슬픔의 때를 이제야 겨우 벗어났다 생각했습니다
춥고 배고프고 어둠과 슬픔만이 가득한 긴 터널을
작년에 드디어 빠져나왔기 때문입니다
남은 생은 더 이상 슬프지 않겠구나 생각했습니다.

그러나 이제 나는 다시 슬픔의 시간으로 되돌아갑니다
살아서는 빠져나오지 못할 슬픔의 깊은 심연으로 말입니다.

(06/06/2017)

교수님께서 그렇게 되셨음을 알게 된 지도 어느덧

한달이 지났다

그런데 나는 배가 고프면 밥을 먹는다

밥이 목구멍에 잘도 넘어간다

밤이 돼 졸리우면 잔다 잘도 잔다

이런 나 자신이 이상하기도 하고 신기하기도 하다

한편 가증스럽다 생각이 들기도 한다

이래서 세상은 어차피 산자의 몫이라 말하는 것이다.

(07/05/2017)

책상 위에 모셔져 있는 당신의 사진을 물끄러미 보면서

당신을 생각하고 또 말씀 올립니다

오늘이 교수님 태어나신 날입니다 1933년 오늘에요.

교수님께서 이 세상에 계시지 않음을 알면서도

저는 오늘 교수님께 축하 이메일을 보냅니다

'생신 축하 드립니다 교수님'

전화는 드리지 못합니다 백인여자가 받으니까요

당신께서 살아계시면 84세 생신입니다

이민온 이래 교수님과 사모님의 생신에는

전화를 드리기도 하고 이메일을 보내기도 하고

또 때로는 생신축하카드를 보내기도 했습니다
저의 게으름과 무관심으로
아마 한두 번은 걸르기도 했을 것입니다
이제는 걸르지 않을 것입니다
그래야 제 마음이 조금은 가벼워질 것이기 때문입니다
부질없는 줄 알면서도 그리 할 것입니다
속죄하는 마음으로 그리 할 것입니다 혹 누가 압니까
저의 편지가 교수님 사시는 하늘나라 천국에 닿을런지요.

(07/19/2017)

검정 넥타이

어찌어찌하다 보니 어느덧 나의 미국 이민생활 타향살이가
15년은 이미 지났고 이제 20년을 향해서 부지런히 달려간다
그 짧지 않고 거지같은 시간을 한마디로 요약하기는 어렵다.

이곳 캘리포니아 남자들은 정장차림을 거의 하지 않는다
공무원도 은행원도 그러하다 끽해야 세마이캐주얼 정도다
십수 년 전 새로 오픈하는 수퍼마켓에서 막노동할 때
그 날도 오늘처럼 비가 구질구질 내리는 날이었다
건물 뒷켠에서 비를 맞으며 도착한 물건 꺼내
안으로 옮기고 있었는데 한 오십 넘어보이는 사내가
자전거를 타고 그도 역시 비를 맞으며
쓰레기통을 기웃거리며 빈깡통을 수집하고 있었다.

그런데 이자가 정장차림이다 양복에 넥타이까지 매고서
그 때 생각했다 '미국 넝마주이는 양복을 입는구나.'

이곳에 이민와서 양복은 세례받던 날 딱 한번 입었다
평상시 입을 일 없는 양복이어서 가져온 것 대부분을
버리고 검정색 두벌만 남겼다 상가 문상용으로
오늘 다시 그 양복들을 꺼내 점검했다
바지 사이즈 체크하기 위해서 그런데 너무 크다
여기는 인건비가 억수로 비싸 수선하는 비용이
새 것 사는 것보다 더 먹힌다 그래서 버렸다 바지만.

점검하면서 주머니마다 손을 넣었다
그런데 돈은 한푼도 나오지 않고
양복 상의에서 검정색 넥타이 하나가 달랑 나온다
많이 구겨진 채로 아마도 내가 그 양복을
마지막으로 입은 것이 누군가의 상가에서였을 것이다.

그 검정색 넥타이를 세탁소에 맡겨 다림질했다
혹 나중에 필요할지도 모르니까
그리고 옷장 구석에 있는 넥타이 상자에 넣으려다
그 안에 길게 잠이 든 넥타이들을 주섬주섬 꺼내

하나하나 만지작거리며 잠시 회상에 젖는다.

각각의 기억을 더듬으려 했는데 나는 것이 없다
나면 그게 오히려 이상하겠지
그래도 하나로 뭉뚱그려 기억을 만들면 내가 젊어서
그런대로 잘 나가던 시절을 그것들과 함께 했다
그 넥타이들에게 생명을 부여해 '그네들'이라 칭하자.

그네들은 보았다 그리고 기억할 것이다 나의 먼 과거를
내가 일하던 모습과 술집에서 되도안한 소리 하던 모습과
사소한 일에 화도 내고 슬퍼도 하고 또 낄낄거리던
내 젊은 날의 부끄런 자화상 모두 봤으니 기억할 것이다.

아침과 저녁으로 집을 나가고 들어올 때
배웅하고 맞아주던 아내의 모습과 아이들의 눈망울을
그리고 그네들이 나에게 건네던 말들을 모두
그네들은 보고 들었다 그리고 기억할 것이다
나는 기억하지 못해도 그네들은 모두 기억할 것이다.

오늘 밤에는 시계를 뒤로 한시간 늦추어야 한다
여름 내내 시행되던 'day time'이 끝나기 때문이다

인생에도 시간의 되돌림이 있으면 좋으련만.

지금 밖에는 가랑비가 질펀하니 내리고 또 내린다
어제보다 오늘 더 많이 내린다
시월이 가고 비내리는 겨울이 시작된 것이다
이제 두어달 지나면 한국 나이로 내가 육십이 되는데
내년 한해는 올 한해보다 더 슬픈 한해가 될 것이다
늙고 나이를 먹음 그대로가 슬픔이기 때문에 그러하다.

(11/04/2017)

내일이 내년인데

샤워 마치고 위스키 한잔 들이키며 간밤에 든 생각
내일이 되면 내일이 내년인데
또 한해를 돌이켜본다 무난하게 보낸 한해
별로이 얻은 것도 잃은 것도 없이

교수님께서 작년에 이승 떠나셨음을 앎
이것이 나에게 하늘 무너지는 슬픔

교수님과 함께한 시간과 장소를 자주 더듬는다
교정과 강의실과 오금동 교수님댁과
근처 일식집과 용산 미군부대 장교식당과
성남 미군골프장 클럽하우스와

LA의 갈비집과 중식당과 조카네 집
그리고 산호세 부페식당
여기서는 식사 도중 잠시 밖에 나가
교수님과 내가 나란히 앉아 흡연했다
'석영아 피워 괜찮아' 하셨는데
이어서 작은 아들 챈들러 집 등

내가 과거 은행에 있을 때 교수님께서
'석영아' 하시면서 들어오시던 모습
오금동과 양재동과 양재역과 봉천동에서

'그 새끼가 개새끼야' 하시던 교수님 음성
더는 들을 수 없음이 이제는 설움이 됐다

시간은 참 잔인하고 또 잔인하다
인정사정 보지 않고 모두를 앗아간다
내 할머니를 앗아갔고
내 교수님마저 앗아갔다
때가 되면 나 또한 앗아가겠지

가게 앞 개자두나무 봄에 얻은 것을

가을에 떨구고 새봄에 다시 얻을 것을 생각한다.

(12/31/2017)

사계절의 윤회

나만의 흡연구역에서 커피 홀짝이며 끽연하다
혹시나 해서 위를 쳐다보니
꽃이 피었다
가지마다 가득하지는 않아도
꽃이 피었다
연분홍 빛깔의 개자두꽃이
사쿠라꽃 비슷한 것이 피었다
많이 반가웠다

새파란 하늘을 배경삼아
불어오는 봄바람에 여린 꽃잎이
살랑 살랑 떠는 듯도 하다

천지간에 생기가 발랄하다

작년에 갔다 금년에 다시 왔다
조금 지나면 지고 내년에 또 올 것
이 또한 윤회일 것이다

생에는 반복도 윤회도 없다
한번 오고 가면 다시 오지 않는 것
다시는 오지 않는다
이것이 생과 산자의 가장 큰 슬픔 아니겠나.

(02/14/2018)

불귀(不歸)

나무마다 봄꽃이 가득하니 봄내음 상큼하다
계절은 때가 되면 다시 오는데
사람은 한번 가면 다시는 오지 않는다

개자두나무 가지마다 연분홍 꽃이 가득하니
나무가 통째로 한송이 꽃이 되었다 하면서
멀거니 바라다보는데 문득
돌아가신 은사님 생각이 떠진다
님을 그리며 시조 한수 끄적거리는데
또 한편 이런 생각이 슬그머니 떠오른다

교수님이 어쩌면 교수님이 어쩌면 전생에

내 아버지였을지도 모른다는 생각이
그렇지 않고서야 그렇게 많은 사랑을
불민하기 짝이 없는 나에게
피 한방울 섞이지 않은 나에게
주셨을 리 없기 때문에 드는 생각이다

지금쯤 교수님 계신 달라스에도 봄이 왔겠다
세상에 제일 이쁜 꽃들이 형형색색으로 만발했겠다.

(03/11/2018)

교수님께 드리는 참회의 변

오늘도 어김없이 교수님 생각이 떠집니다
넘기는 책장에 교수님 얼굴이 보입니다
오늘은 간만에
책상 위에 모셔져 있는 교수님 사진에
먼지 털었습니다
그리고 또 다른 생각이 떠오릅니다

아마도 91년도 아니면 92년도일 것입니다
교수님 사시던 댁과 제가 일하던 근무처가
같은 아파트단지 내에 있을 때입니다
하루는 교수님께서 저에게 전화하셔서
'석영아 화장지 좀 사다주지 않겠니'

제 좁은 소견 때문에 바쁘지 않았음에도
그리 하지 않았습니다
죄송합니다 교수님

93년도 호텔롯데에서 있었던 회갑연
그리고 98년도 루스채플에서 있었던
교수님의 정년퇴임식에 꽃 한송이 없이
몸만 참석했었음을 지금도 후회합니다
죄송합니다 교수님

제가 장가가던 날 예식장으로
주례를 서주신 교수님을 모셔오지도
끝나고 모셔다 드리지도 않았습니다
신경조차 쓰지 않았습니다
죄송합니다 교수님

장가들고 신혼여행 다녀오고 바로
부부가 같이 교수님 찾아뵈었어야 했는데
그리고 교수님과 신랑 신부
이렇게 셋이서 찍은 사진 한장
크지 않게 현상해 액자에 넣어

함께 찾아뵈었어야 했는데
그러지 않았습니다
생각 짧은 제가 무식하고 교양이 없고
교수님 사랑을 가볍게 여겨 그랬습니다
죄송합니다 교수님

저에게는 교수님과 같이 찍은 사진이
전혀 없습니다
있다면 결혼식 사진 뿐이었습니다
두사람 사이로 조금 위쪽에
교수님께서 위치한 사진이 몇 있었는데
이혼 후 약혼사진과 함께
결혼사진도 모두 없애버려 없습니다
죄송합니다 교수님

사시던 버지니아에서도 달라스에서도
보고 싶으니까 한번 다녀가라 여러번
말씀하셨는데 그 잘난 밥벌이를 핑계로
그리 하지 않았습니다
죄송합니다 교수님

2016년 2월 교수님과의 통화에서
교수님께서 스트로크 맞으셨음을
말씀하셨습니다
한 보름 정도 의식없이 병원에
계셨다고 말씀하셨습니다
생각 짧은 이놈이 심각성을 깨닫지 못하고
그저 평범한 인삿말만 드렸습니다
'지금은 좀 어떠세요' 정도의
그때 바로 찾아뵈었어야 했습니다
죄송합니다 교수님

두어달 뒤 교수님 돌아가셨음도 모른 채
평상시와 다름없이 먹고 자고 한
저 자신이 때려죽이고 싶도록 밉습니다
죄송합니다 교수님
교수님께 용서를 구할 자격조차 없습니다.

(08/02/2018)

가을의 문턱에

쓰르라미가 나무 등걸에 악을 쓰며 운다
여름이 가는 소리
귀뚜라미 한마리 문지방에 운다
가을이 오는 소리

장독에 달빛 차갑게 쏟아지고
나뭇잎에 이슬이 맺히는 밤
풀벌레 애처로이 홀로 운다
어제가 막내 생일이었다
중년사내 허수한 심사 힘겹게 추스린다.

(08/19/2018)

지뢰밭

목간 마치고 언제나처럼 맥주 한잔 들이키는데
불현듯 생각이 떠진다
이태 전에 돌아가신 교수님 말씀이
버지니아에 사시던 어느 날 전화주셨다

내 친구 중에 상처한 녀석이 하나 있는데
그 친구가 얼마 전에 재혼했어
죽어도 재혼 않는다 했는데
늙어서 몸과 마음이 힘들어 재혼했단다

나에게 재혼을 권유하는 말씀은 않으셨다
그러나 하신 것이나 다름 없다

나는 답을 드리지 않았다
그럴 마음이 없었기 때문이다
지금도 내 마음은 같다
재혼할 마음이 전혀 없다
여자가 무섭기 때문이기도 하다

몸이 불편한 것을 감내하기는 쉬워도
마음의 고통을 감내하는 것은 어렵다

지뢰밭인 줄 모르고 지뢰밭에 들어갔다가
꽃밭인 줄 알고 잘못 들어갔다가
발목지뢰를 밟아 발목이 싹뚝 잘려나가
십수년이 지난 지금도 피가 철철 흐르는데
또 지뢰밭에 들어갈 만큼 내가 바보는 아니다.

(09/09/2018)

무명시

이담에 나 죽거들랑 내 무덤 찾지 마세요

울지도 마세요

나 거기 없어요

불어오는 바람결에 내가 있어요

당신 집에도 내가 있어요

당신 가는 곳마다 내가 있어요

당신의 숨결에도 내가 있어요

나는 죽지 않았어요

그저 당신 눈에서 사라졌을 뿐이에요

그러니 슬퍼 마세요

그래도 가끔 내 생각이 나거들랑

양지바른 내 무덤 찾아 오세요

그리고 꽃이나 한송이 놓아주세요

술도 한잔 부어주세요

그래야 당신 마음이 편하지 않겠어요.

(10/13/2018)

부엉이가 우는 밤

달 밝은 밤에 들려오는 부엉이 울음은
통소처럼 낭랑합니다

칠흑같이 어둔 밤 늙은 부엉이
소리 죽여 웁니다
들릴 듯 말 듯 흐느낍니다
슬픔과 회한이 어둠에 가득합니다

지나온 삶이 허망해 그렇게 웁니다.

(10/18/2018)

같은 길

인생을 살다가 친구가 그대를 버리고 배신하더라도
그를 원망하지는 말게나
그는 친구가 아니었으니까
책임은 그에게 있지 않고
당한 그대 자신에게 있음을 명심하라.

그리고 너에게는 소중한 친구가
여전히 많음도 잊지 말게나
그들이 너에게 친구이기를 바라기 전에
그대가 친구들에게 친구 아니면 어쩌나
오직 이것만을 염두에 두고
남은 인생을 웃으며 살게나.

그리고 사는 하루 하루가 아무리 힘이 들고
때로는 주저앉고 싶은 생각이 들어도
나만이 이런 길은 가는 게 아니다
많은 사람이 이미 간 길이고
많은 사람이 또 이 길을 갈 것이다
이 또한 인생이다 이래 생각을 하면서
나를 휘감고 있는 운명을 있는 그대로 사랑하게나
미워하면 나만 더 힘들지 않겠나 amor fati.

• amor fati: 라틴어. 운명을 사랑하라.

황금의 나라 엘도라도와 새크라멘토 이야기

백인들이 서쪽으로 서쪽으로 해가 지는 쪽으로
황금에 눈이 멀어 욕심에 눈이 뒤집혀
금덩이 찾아 말타고 마차타고 식솔들 거느리고
원주민과 싸우며 죽고 죽여가며
풍찬노숙하며 때로는 굶어가며
이동하고 또 이동합니다
미시시피강을 건너 대평원을 가로질러
서쪽으로 이동하고 또 이동합니다.

거대한 록키산맥을 만났습니다
산만 넘으면 금덩이가 지천으로 널려 있다 믿으며
그 산도 넘어갑니다.

서쪽으로 해가 지는 쪽으로
산마루 넘으니 에메랄드빛 파랗고 차가운 물
호수를 만납니다 'Lake Tahoe'입니다
눈 덮힌 산들이 둥그렇게 감싸고 있습니다.

지금은 물레방아 바퀴 돌리는 유람선이
호수 가운데 섬을 돌아 사라집니다
록키산맥 중턱에 있는 이 호수는 관광지로 유명합니다
알파치노가 주연인 영화 '대부' 중에
호숫가에서 띵까띵까 파티하는 장면이 나옵니다
그리고 한놈 호수 가운데로 데리고 가 '빵' 쏴 죽이고
물에 던져 수장시켜 버립니다
그 호수가 바로 이 'Lake Tahoe'입니다
레이크 타호 윗쪽에는 보난자 마을이 있습니다
'Bonanza' 라는 말은 '풍부한 광맥' 이라는 뜻입니다
어려서 엄청 재미나게 시청한 드라마 '보난자'의 무대
바로 그 곳입니다.

아직도 금광이 금덩이가 보이지 않습니다
거의 다 왔다 조금만 더 가보자 길을 재촉합니다
서쪽으로 해가 지는 쪽으로

가다보니 레이크 타호에서 발원한 차가운 물이
시내가 되고 샛강이 되고 큰 강이 됩니다
강 모래 속에 반짝거리는 것에 눈이 부십니다
찾았다 황금이 여기 있었구나
강속에 모래 속에 황금이 숨어 있었구나
열심히 체질하여 사금을 채취합니다
강 주변의 산자락에 다이나마이트를 터뜨려
모래 아닌 모래를 만들어가며
황금에 눈들이 멀어 버립니다
내가 더 차지해야 한다고 서로를 죽이기도 합니다
사금이 보이기 시작하는 곳을 그래서
'El Dorado'라 이름 지었습니다
지금은 사금이 씨가 말라 금 채취한다고
강에 들어가 체질하는 사람은 없어도
엘도라도는 지금도 여전히 부자들이 삽니다.

남미 아마존 정글 어딘가에 있다는
그러나 아직 발견되지 않은 황금의 나라 'El Dorado'가
바로 여기였구나 하면서
강물따라 황금따라 욕심따라 하류로 더 내려갑니다
이 강을 'American River'라 이름 지었습니다

동에서 서쪽으로 흐르는 강입니다
때가 되면 연어들이 알까러 회귀합니다
서쪽으로 가다가 서울의 한강 처럼 새크라멘토를
남과 북으로 가르고 'Sacramento River'와 합쳐집니다
이 강은 북에서 남쪽으로 흐르는데
수량이 풍부하고 물살이 빠릅니다
어른 팔뚝만한 줄무늬농어(stripe bass)가 많습니다
그래서 강 곳곳에 있는 선착장 주변 쓰레기통은
생선 비린내가 물큰거리고 파리떼가 바글거립니다
낚시꾼이 잡은 농어를 선착장 주변에서 다듬기 때문입니다
대가리 꼬리 지느러미 싹 잘라내고 비늘 벗겨내고
배 갈라 내장 들어내고 뽀얀 순살코기만 집으로 가져갑니다
쓰레기통에 버려진 생선 대가리는 중국 할망구가 주워갑니다
그래서 우리 조선사람도 창피하게 도매금으로 넘어갑니다.

여름이면 보트 타고 낚시하는 사람과 수상스키 즐기는 사람과
제트스키 타고 쌩쌩거리는 사람이 부러움을 자아냅니다
씽씽 달리는 모타뽀트 스크루에 물고기가
비명횡사 하지는 않을까 걱정이 한심합니다
아메리칸 리버와 합쳐지고 나서 50마일 더 남쪽으로 달리다
샌프란시스코만으로 이내 사라집니다

새크라멘토가 북미판 엘도라도의 중심이었습니다.

6년 전에는 정신나간 커다란 고래 두마리가 이 강을 거슬러
새크라멘토까지 올라오는 바람에 온통 시끄러웠습니다
서부연해를 해류따라 북상하다가 길을 잃었나 봅니다
강뚝에는 연일 고래 구경하는 사람들이 복작거리고
이 두놈을 바다로 돌려 보내기 위해 큼직한 깡통든 사람들이
고래보다 작은 배에 올라 고래 주위를 맴돌며
깡통을 시끄럽게 온종일 두들겼습니다
깡깡…
만약 꽹과리가 있었더라면 진짜 딱인데 말입니다
몇일 깡통 두들기는 소리로 두놈이 방향을 돌렸습니다
놈들이 유턴한 것이지요
샌프란시스코만으로 들어가 알카츠라츠를 우회하고
금문교 밑을 통과하여 큰 바다 태평양으로
무사히 돌아갔다 합니다.

아메리칸 리버는 강 상류에 댐이 막고 있어서
댐 아래는 수량도 적고 흐름도 완만합니다
댐이 만든 인공호수에는 카약 즐기는
한가한 사람들이 평화롭습니다

그들은 주로 백인들입니다

호수 좌편으로는 숲이 울창합니다

한시간에 50불 주면 나뭇가지 사이로 호수가 보이는

숲속을 말 타고 어슬렁거릴 수도 있습니다

수년 전 두 아들과 함께 말 타고 그리 해 보았습니다

막내가 자기 말이 작은 놈이라고 불평하였습니다

가이드의 말까지 모두 네 필의 말이 일렬종대로 나아갑니다

가다가 앞선 말이 정지합니다

그러면 그것은 '푸지직' 응가하는 것입니다

조금 더 가다가 다른 놈이 멈춥니다

이놈은 '쉬'하는 것입니다

카우보이 모자와 허리에 총 한자루가 아쉽습니다.

여름 내내 녹아야 다 녹을까 말까한

시에라 네바다산맥의 눈 녹은 물이라

한 여름에 들어가도 강물이 많이 차갑습니다

젊은이들도 물에 뛰어 들었다가는

이내 부르르 오싹 떨면서 바로 나오곤 합니다

두 아들 데리고 래프팅 한번 하였습니다

조금 내려 가자니 물대포를 갈겨대고는

낄낄거리는 장난꾸러기 백인영감을 만납니다

래프팅하면서 몰래 맥주 마시는 놈들도 있습니다
강에서의 음주는 불법이기 때문에 몰래 마십니다
강물에 두리둥실 떠내려 가며 몰래 마시는 맥주맛이
기가 막히게 좋은가 봅니다
또 조금 더 내려가면 '푸마 조심'이라는 팻말도 보입니다
'개 조심'은 무섭지가 않은데 푸마는 다릅니다.

새크라멘토 주변에는 논 농사 짓는 벌판도 있습니다
한국전쟁 후 우리가 원조물자로 받았던 포대에
두손을 맞잡고 있는 표시가 기억납니다
그 속에 들었던 쌀이 이곳 쌀이었다 합니다
우리 식으로 이름 달면 새크라멘토미(米)였던 셈이지요.

여름에도 'Lake Tahoe' 주변 산봉우리는 머리에
하얀 눈모자를 쓰고 있고 온천이 있고
한 여름에도 서늘하여 부자들이 숲속 여기저기에
통나무 오두막집 별장을 갖고 있습니다
새크라멘토에서 가자면 동쪽으로 거의 100마일 거리인데
거의 다 와가면 진짜로 구름이 발 밑에 깔리는
왕복 2차선 낭떠러지 도로를 지나야 합니다
쪼그라든 간이 떨어질까 조마조마하고

그래서 어질어질하니 운전해야 합니다
절벽이 가드레일에서 바로 수직으로 수백미터 떨어집니다
한계령 미시령은 상대적으로 포근한 길입니다.

가다 보면 말타고 카우보이 복장으로
모포 둘둘 말아 말 안장에 싣고
숲속을 '터부덕'거리는 한가한 놈도 보입니다
몸은 21세기를 살면서 마음은 19세기에 머물고 있나 봅니다
가다가 날이 저물면 산속에 모닥불 피우고
대충 한끼 때우고 모포 뒤집어쓰고 잘 것입니다
근처 숲속에 고요테가 곰이 푸마가 어둠 속에
파란빛 발하는 두눈을 깜박거리고 있을지도 모릅니다
밤하늘에 별들이 모두 모여 잔치라도 하는 듯 촘촘 합니다
말안장에 등 기대고 무릎 하나 세우고
뭔가를 끄적거리기도 할 것입니다
일기를 쓰나 봅니다 시를 쓰나 봅니다
별들이 동무가 되어 밤이 외롭지는 않을 것입니다
서부영화에 보면 그런 장면이 나오니까 분명 그럴 겁니다.

주변에 유명한 스키장이 많은데 이러저러한 사정으로
아직 근처에 가보지도 얼씬거리지도 못합니다

'레이크 타호' 가운데를 경계로 칼리포니아 네바다가 갈립니다
네바다주 쪽으로는 '리노' 라는 도박의 도시가 있습니다
라스 베가스 다음으로 네바다가 자랑하는 도박의 도시입니다
리노 출신이라 말하면 남이 약간의 색안경을 끼고 본다 합니다
거기에도 조선사람이 꽤 있다 합니다
돈되는 곳에 빠질 사람들이 아니지요.

오래 전 샌프라시스코 'Fisherman's Wharf'에서 본
'거리의 악사' 원주민이 새삼스레 기억납니다
피리 불고 구걸하는 것이지요
그 때의 피리소리가 지금도 귀에 남아 있습니다
피리로 부는 우리의 한(恨) 서린 민요보다도 더 구슬픕니다
슬프다 못해 처연하게 들리웁니다
'El Condor Pasa'의 Pan Pipes 소리는
차라리 흥겨운 가락에 속합니다
그 만큼 가슴 징한 슬픔이 배어 있습니다.

듣는 사람이 그네들의 '슬픈 역사'라는
마음의 색안경을 끼고 들어서 그런지도 모릅니다
거리의 피리 부는 원주민 악사
그들의 그리 멀지 않은 조상들

어쩌면 할아버지 아니면 증조부는
말타고 벌판을 내달리던
용감한 인디언 용사였을 것입니다.

인디언 악사가 자기들의 그러한 '슬픈 역사'를 압니다
그렇지 않다면 피리 소리가
그토록 슬플 까닭이 없는 것입니다
슬픈 역사가 슬픈 가락을 만드나 봅니다.

(11/15/2012)

단풍과 낙엽

가을이 되면
곱게 물드는 단풍도 있지만

비바람에 떨어져
땅에 뒹구는 낙엽도 있다.

(10/26/2011)

〈시조〉

운수납자

구름이 가는 대로 발길이 머무는 대로
표표히 삿갓 쓰고 두타행 또 두타행
보리의 길은 멀고 다리는 천근만근

해거름에 빗질하던 동자승 말 건네기를
스님 저녁공양은 하셨는지요
큰스님 모르게 곡차나 한사발 주이소.

(09/13/2015)

홍시

바람이 차가우니 별빛마저 스산하다
색소폰 소리 허수한 마음 후비는데
장독에 떨어지는 홍시 하나 무심하니 퍽.

(09/14/2015)

채우고 비우기

사람을 사랑하세요 운명도 사랑하세요
자비는 베푸는 마음이고 사랑입니다
사랑은 나 자신을 버리는 마음입니다

배는 채우고 마음은 비우세요
배가 고프면 서럽습니다

마음을 비우면 행복이 가득합니다.

(09/14/2015)

가을빛

서늘한 바람이 앞으로 들어와 뒤로 빠지니
만산홍엽 눈에 들지 않아도
천지에 가득한 가을빛 내 어찌 모르겠나.

(09/14/2016)

가을의 강

추강에 밤 깊으니 달이 밝고 바람이 차갑다
손님 없는 나룻배 빈 배로 돌아와
고단한 하루 안개 낀 갈대밭에 잠을 청한다.

(11/15/2016)

인생의 성형수술

밤하늘에 별들이 함초롬한 빛을 떨굽니다
별똥별 하나 동에서 서쪽으로 흐릅니다
꼬리에 달린 것은 그의 이력서입니다

거기에 담긴 것은 과거의 기록입니다
슬픈사연까지도 모두 담겨 있습니다
인간의 역사에서 무엇을 빼고 더하겠나요

얼굴에 흉터 있다고 얼굴을 바꾸겠나요
인생은 성형수술이 절대 불가합니다
살아온 날들 그대로가 인생이기 때문입니다.

(03/29/2017)

돌아갈까

산사에 밤 이슥하니 새들도 잠이 들었다
갓 출가한 행자승 베개 껴안고 뒤척인다
만남과 헤어짐이 번뇌인 줄 너 몰랐더냐.

(09/24/2017)

달빛 나그네

무수한 별빛이 강물에 떨어지니 은하수라
흐르는 세월에 번뇌가 점점이 인생이라
번뇌가 별빛이요 생의 즐거움 아니런가

나그네 달빛 밟으며 마을어귀 들어선다
酒燈이 어둠을 밝히고 개가 짖는다
주모가 자지 않고 날 기다리는구나

등잔불 꺼지고 밤이슬 마른 대지 적시운다
꼬꾸요 소리에 나그네 길차비 서두른다
술어미 눈 흘기며 닭모가지 비틀어 놓을 걸.

(01/25/2018)

酒燈: 주등. 술 '酒'자가 쓰여진 주막의 등

혼자 사는 늙은이

空山滿秋
孤鳩飛天
深谷寒溪
獨翁落淚

사람 없는 산에 가을이 가득하고
외로운 비둘기 하늘을 난다
깊은 계곡에 시냇물 차고
홀로 사는 늙은이 눈물 떨군다.

蒼海朔風
白鷗飛天
虛舟浮游
獨翁視平

푸른 바다에 삭풍 몰아치고
흰 갈매기 하늘을 난다

빈 배 물 위에 둥실 떠 있고
홀로 사는 늙은이 수평선 바라본다.

(06/25/2018)

머무는

하늘이 더할 나위 없이 파랗고 파랗다
천지간에 바람이 하얗게 분다
마음이 머물고 시간과 공간이 멈춘다.

(07/22/2018)

순환

사계절이 팽이처럼 돌고 돌아 가을이다

지난 가을이 어제 같은데
낙엽이 지고 나면 눈이 또 내릴 것이다

주름진 얼굴에 핏기 가신 지 오래다
젊은 날 지난 날들을 서러워 마라
내일이 되면 오늘도 그리울 것이니.

(09/23/2018)

서늘한 바람

팔불출이와 칠푼이와 덜난 놈 바보 등신이
생각없이 사는 인간들에게 해당되는 말
어쩌면 그네들이 인생을 제대로 사는 것

아이들로부터 버려지고 삼년이 지났다
보곪기는 해도 마음은 한없이 편하다
이래서 내가 생각없이 사는 팔푼이가 됐다.

(10/03/2018)

해와 달

현실과 이상은 언제나 따로따로 산다
한 집에 동거하는 경우는 절대 없다
하늘에 해와 달이 그런 것처럼

현실이 이상을 따라잡았다 싶으면
이상은 또 저멀리 달아난다
인간의 욕심에 끝이 없어 그러하다

그렇다고 이상없이 살지는 말자
이상은 장밋빛 꿈이고 탄산음료
꽃밭에 꽃이 없으면 꽃밭 아니다.

(10/12/2018)

수도승

하늘에 파란 바람이 불고 그믐달이 하얗다
새들도 잠이 들었나 사위가 고요하다
시름에 겨운 수도승 잠자리 뒤척인다

계곡에 찬물 흐르고 낙엽이 떠내려 간다
부엉이도 가지에 숨었나 보이지 않는다
잠들지 못하는 수도승 마당에 서성인다

유성이 꼬리 늘어뜨리고 멀리 사라진다
까마귀도 짝을 잃었나 저 홀로 난다
속세에 미련 많은 수도승 산을 내려 간다.

(10/30/2018)

가야하는 슬픔

만남이 있어 이별이 있는 줄 내 압니다
헤어짐은 모두 다 슬픔입니다
떨어진 낙엽도 가는 것이니 슬픔입니다.

(10/31/2018)

무지의 신비

해질녘부터 안개가 스멀스멀 깔린다
안개 너머가 보이지 않는다
보이지 않으니 신비스럽게 느껴진다

태초 이래 시간이 소리없이 흐른다
시공의 시종을 아무도 알지 못한다
알지를 못하니 신비스럽다 말한다

태어난 이래 조금씩 종점을 향해 간다
종착역 다음 행선지를 알지 못한다
그러니 죽음도 역시 신비스러운 것이다.

(12/08/2018)

갈잎의 노래

힘없이 떨어지는 갈잎 하나에 가을이 가고
불어오는 찬바람에 겨울이 온다
허수한 나그네 머리 긁적거리며 어딜 가나

추강에 밤이 깊으니 달빛마저 싸늘하다
사립문 활짝 열어놓아도 오는 이 없으니
바람만 저 홀로 들락날락 갈 곳 몰라 하노라.

(12/21/2018)

취중 문답

당신은 왜 그리 사시나요 묻지 마세요
낸들 이래 살고 싶겠나요
어쩌지 못해 이래 사는 거 당신도 아시잖아요.

(12/23/2018)

아이들 생각

오늘 밤 아이들이 유별나게 보고 싶다
아비를 버린 놈들이니 잊자 했는데
금년에 스물 다섯 스물 셋 됐을 것이다

오늘 밤 아이들이 유별나게 보고 싶다
어디에 어떻게 살고 있는지 모르는데
새끼들 소식 모르니 내가 아비 아니다

오늘 밤 아이들이 유별나게 보고 싶다
아비는 그네들 생각 자주 하는데
놈들도 아비 생각 않는 것은 아니겠지.

(02/21/2019)

가을 사내

꽃이 피어도 봄 오지 않는 경우가 있다
사내는 일년 내내 가을에 머문다
바람에 떨어지는 꽃잎이 낙엽으로 보인다.

(03/18/2019)

나무아미타불

별빛 차가운 깊은 밤 삼경에 법고 울리니
잠든 새도 눈을 떴다 다시 감는다
수도승 자리끼 찾아 머리맡 더듬는다

새벽닭 꼬끼요 우니 동녘하늘 밝아 온다
동자승 눈 비비며 우물가로 달려 간다
법당의 수도승 목탁 두드리다 잠이 들었다

속세에 두고 온 여인도 번뇌요
잊으려 함도 번뇌인데
수도승 서쪽하늘 바라보며 나무아미타불.

(03/25/2019)

빗물처럼

바람이 불고 비가 내리고 천둥소리 큽니다
동네 거지들이 추녀 밑에 떨고 있습니다
새들이 불쌍한 것들 하면서 바라다 봅니다

당신의 마음 속에 내가 살아 있습니까
내 마음에도 당신이 있습니다
빗물이 미련한 것 하면서 같이 가자 합니다.

(03/27/2019)

아침 이슬

나이를 머리로 먹었나 흰머리 반백이다
육십 평생 돌이키니 남은 게 무엇

풀잎에 아침 이슬 해 뜨면 흔적조차 없는데.

(04/22/2019)

기다리는 여심

차린 밥상 위에 국도 식고 밥도 식었다
아낙은 옷고름 만지다 잠이 들었다
풀벌레 밤새 울고 섬돌에 이슬이 차갑다.

(05/01/2019)

오고 감

인생이 무엇인고 생각을 하니 답 없음이라
짧아도 인생 길어도 인생
인생은 그저 시간 아니겠나 속절없이 오가는.

(05/03/2019)

사노라면

갈바람 불어오니 귓가에 흰머리 흩날린다
이리 될 줄 모른 것은 아니나
어느새 이리 되니 믿기지 않아 민망하구나.

(05/03/2019)

쥐구멍

쨍하고 볕들 날 이제나 저제나 기다리는 쥐 한 마리
기다려도 기다려도 볕 들지 않으니
구멍에 호롱불 하나 켜 놓고 볕들었다 손뼉 치네.

(05/05/2019)

둘이서

위스키 한잔 들이키니 입천장이 싸아 향기롭다

독작하는 술이니 카! 좋다 말하지 않는다

나중에 인연 닿으면 대작할 사람 있을 것이외다.

(05/09/2019)

담배연기

어쩌다 생각한다 담배연기 허공에 뿜으면서

인간이 인생이 무엇

결론은 항상 같다 그것은 담배연기와 같은 것.

(05/13/2019)

불길

냄새도 연기도 없이 타오르는 마음 속 불길
무엇으로 끌 수 있겠나
불길이 죽어 재가 되는 날 그저 기다릴 밖에.

(05/18/2019)

바보의 노래

내가 하찮은 존재임을 젊어서 알았더라면
그 사람 그렇게 보내지 않았을 것인데
땅거미 대지에 깔리니 새들이 돌아온다

빈한하기 짝이 없는 미천한 태생인 내가
뭘 모르고 교만을 떨었다
산마루 해 기우니 부엉이 둥지를 떠난다.

(05/21/2019)

허전함

어제도 그제도 허전하지 않은 것은 아니지만
오늘밤 유난스레 지독히 허전하다
세상사 모두 적응할 수 있지만 허전함은 아닌 듯.

(06/08/2019)

내일은

오늘을 기꺼이 즐거운 마음으로 살자꾸나
삶이 고달파도 하루살이의 마음으로
내일이 되면 오늘보다 하루 더 늙어 있을 테니까.

(06/24/2019)

고마움을 전하는 글

한 부자가 막대한 유산을 남기고 죽자
이를 상속한 아들이
친구들을 불러 매일 잔치를 벌이다
재산을 몽땅 탕진하고 거지가 되어
친구들을 찾아가 도움을 청하지만
모두 문전박대 당하는 탕아의 이야기가
아라비안 나이트 여러 곳에 등장한다

나는 베풂이 없었음에도
거절 당하지 않고 도움을 받았다
어떤 이는 손을 벌리지 않았음에도
도움을 주었다
힘들었던 시간 그만두고 싶었던 순간들
이기고 여기까지 올 수 있도록
도와 주신 모든 분들께
머리 숙여 고마운 마음을 표한다

산자만이 과거를 말할 수 있기 때문에
죽지 않고 살아서

이렇게 지난 날들을 담담하게 말한다
'고맙습니다'라는 말보다
더 좋은 인삿말을 나는 알지 못한다
고맙습니다.

글쓴이가 편집자에게

소쩍새가 울 만큼 울었으니 좋은 결과 있을 것입니다.
공씨 성을 가진 소쩍새가 10년 울음에 마침표를 찍는 것입니다.
진인사대천명이라 했으니 이제는 그저 기다릴 밖에요.
10년 숙원이 이루어지는 순간인데
덤덤하기만 합니다.
흥분 없고요. 저 자신이 이상합니다.
10년 동안 쓴 글의 일부를 교정차 여러번 읽고 또 읽었는데
지금 다시 쓰라면 불가능합니다.
이유는 제가 더 이상 슬프지 않아서입니다.
이런 제 기분 짐작이 가십니까.
잃기만 하는 인생도 없고 얻기만 하는 인생도 없다 했는데
이번 출간이 제게 뭔가 얻는 인생을 만들어주었으면 하는 바램
조심스레 가져봅니다. 꽝이어도 실망 크지는 않을 것입니다.
하하하!
감사합니다

중년의 이민자가 흘리는 회한의 눈물
모든 것이 사라졌다 그리고

지은이 | 공석영
만든이 | 최수경
만든곳 | 글마당
편집 디자인 | 정다희
(등록 제02-1-253호, 1995, 6, 23)

만든날 | 2019년 10월 31일
펴낸날 | 2019년 11월 10일

주소 | 서울시 송파구 송파대로 28길 32
전화 | 02, 451, 1227
팩스 | 02, 6280, 900

ISBN 979-11-90244-04-6(03810) (값 15,000원) CIP 2019043834

홈페이지 | www.gulmadang.com
이메일 | vincent@gulmadang.com